電影配音

與 英語教學
——初階學生的故事

李路得 著

自　序

　　在台灣，英文口語能力一直未受到學校的重視，從小學到大學，無論在班級人數、教室環境、以及教材教法的設計，都難以培養實質的英文口語能力，也因此與外籍人士侃侃而談似乎是不可能的任務，而交談後的挫折感也時常是英語學習者心中永遠的痛。

　　面對大班教學及教室資源有限等不利的教學環境，很多學校老師一定曾經或者正在苦思如何讓學生學習英文能夠像學習母語一樣輕鬆而有效。外語學習（foreign language）本來就有先天的難處，因為不像學習母語或第二語言（second language）一般在日常生活經常接觸；就像學習使用一個工具，卻很少機會在真實世界看到別人使用它，自己也沒機會用到，因此如何把真實的英語使用情境帶進教室是老師的一大挑戰。

　　實境學習理論（situated learning theory）和其他以社會文化觀點（sociocultural perspectives）為出發點的學習理論近年來逐漸被應用在語言學習上，這派學說反對學校將知識抽離現實世界而教導抽象（abstract）、孤立（isolated）、片段（fragmental）、和情境脫節（decontextualized）的觀念。實境學習理論（situated learning theory）強調知識不能和它在真實世界的情境（context）、活動（activity）、以及文化（culture）分開。典型的實境學習就是傳統學徒制

（apprenticeship）：學徒在工作坊跟著師父一邊做一邊學技術。其主要精隨是把學習分為觀摩（observation）及實作（practice）二個階段：在觀摩（observation）階段中，學徒從旁觀察專家或師父如何在真實世界運用該知識技術以及該領域中人事物之間的互動，以建立一整體性的概念，這種觀察有助於日後學習；在實作（practice）階段學徒接受師父的訓練（coaching）且同時繼續觀摩。在知識的學習上，實境學習理論（situated learning theory）主張可以把類似傳統學徒制的學習環境帶進學校，將之延伸為「認知學徒學習法」（cognitive apprenticeship），以相同的精神來學習概念性知識及技術。

　　本書嘗試以電影配音活動在英語聽講訓練課堂上實行認知學徒學習中的觀摩（observation）和實作練習（practice）兩個階段。電影等視聽教材在英語教學上一直備受肯定，但鮮少做為主要教材，而只是扮演輔佐的角色，電影在語言學習的功能也一向沒有明確的理論依據，因此本書在此試著以認知學徒學習法來做為電影在英語口語教學上的理論基礎。

　　本書目的並非主張其中的教學設計為完美理想的教學方式，筆者相信在學校英語教學環境實踐認知學徒學習的方式應該不只電影配音活動，因此本書乃是拋磚引玉，期能引起對實境學習理論有興趣的讀者先見等，一起思考改善外語教學的方式，以提高教學效率，增進學生的英文口語溝通能力。

目　次

第一章　概論

　　在台灣的學校英文教育中，口語溝通能力始終沒有受到應有的重視。在小學階段，雖然從二年級或三年級就有英文課，但是一週通常只有一到二小時，授課時間太短，而且班級人數通常是 30 到 50 人，人數過多，以致於學生無法發展紮實的英語口語溝通能力。到中學階段，國中和普通高中的英語教學則是升學考試導向，以閱讀和文法為主，聽說能力由於不在聯考範圍，往往不是被遺忘就是邊緣化；在高職，英文不是主科，授課時間更降為一週二小時。縱然教育部倡導溝通式語言教學法（Communicative Language Teaching, CLT），也就是主張以溝通為主，聽說讀寫並重的英語教學法，但升學考試沒有配合，因此中學英語教育仍是以紙筆考試為重，聽說能力的訓練依然不足。到了大學階段，由於之前缺乏訓練，大學生英語口語溝通能力普遍不佳，遠低於他們的閱讀和文法能力。縱然大學已經沒有太大的升學壓力，英語口語訓練仍然得不到重視，無論是在普通大學或是技專校院，非英語科系的學生通常只需要上一學期的英語聽講訓練，一週只有二小時，而且是大班制，約 40 到 60 人，不能讓學生有實質的進步。由此可見，在台灣從小學到大學，英語口語溝通能力一直是英語文教育被忽略的一環。

　　目前所流行主導的溝通式語言教學法（Communicative Language Teaching, CLT）似乎也有缺失：不適用於初階學習者。CLT 強調學習者在課堂上的社會互動（或社交互動）（social interaction），以預備教室外的真實溝通（e.g. Breen & Candlin, 1980; Canale & Swain, 1980; Savignon, 1983; Zuengler & Miller, 2006），在課堂中運用各種溝通活動，如無腳本角色扮演、分組討論、和訊息分享等，使學生從事於意義的解釋（interpretation）、協商（negotiation）、與表達（expression）。這些活動的目的都是正確的，然而，它們都牽涉到無準備、即席的對談，對字彙量及語言知識尚未充足的初階學習者而言恐怕太難，因此在台灣有執行效果不理想的情形（Hsu, 2003; Liao, 2003; Tsai, 2007）。初階學習者在練習活動中需要輔助工具（scaffolds）來累積語言知識與技能，然後才能運用這些知識技能進行 CLT 所主張的解釋、協商、和表達等活動。

　　本研究嘗試以另一種方法：實境學習理論（situated learning theory[1]）中的認知學徒學習法（cognitive apprenticeship）來幫助初階英語學習者培養口語溝通能力。實境學習理論（situated learning theory）是新興的社會文化學習觀點（sociocultural perspectives on learning）的學說之一派，其基本要義主張知識（knowledge）植基於情境（contextually situated），而且與其被發展及被使用的活動（activity）、情境（context）、和文化（culture）密不可分（Brown,

---

[1] 實境學習理論的英文名稱有 situated learning 和 situated cognition。嚴格說來，這二詞代表二種不同派別，對實境學習有不同的重點（Watson-Gegeo, 2004），但通常以 situated learning 用來當作二者統稱，這二種派別的差異不在本研究探討範圍，因此採用 situated learning 一詞作為統稱。

Collins, & Duguid, 1989）。認知學徒學習法（cognitive apprenticeship）是實現實境學習（situated learning）的方法（Collins, Brown, & Newman, 1989），強調以傳統學徒在工作場所跟隨師父學習技藝的方式來學習概念性的知識（conceptual knowledge）。以師父（master）的角度來說，認知學徒學習法（cognitive apprenticeship）分為三個時期：示範（modeling）、訓練（coaching）、及淡出（fading）（Collins, Brown, and Newman, 1989）；以學徒的角色則分為觀摩（observation）、受訓（coaching）、和實作（practice）三個階段（Lave, 1994）。因此，認知學徒學習（cognitive apprenticeship）強調在情境中學習（learning in context），好讓初學者藉著活動（activity）和社會互動（social interaction）參與實際的操作。

　　由以上可以看出認知學徒學習法（cognitive apprenticeship）是一種為初學者而設計的學習環境，因此可能對初階英語學習者的教學有所啟發。表面看來，教室環境不可能像工作場所一樣真實，無法提供認知學徒學習法（cognitive apprenticeship）所需要的資訊（information）和情境資源（contextual resources），然而，教師可以依據認知學徒學習法（cognitive apprenticeship）的精神來設計教學素材及營造教室內的學習環境。本研究即是依據認知學徒學習法（cognitive apprenticeship）設計電影配音活動，以在英語口語能力訓練上實踐認知學徒學習法的示範（觀摩）與訓練（實作）兩個階段。

　　在外語環境中，電影是示範英語口語溝通的理想工具，雖然電影中的對話是預先設計的劇本，不像現實世界的即席對話，McLellan（1996, p. 12）提到若無法接觸真實情境，可以用模擬替

代品（virtual surrogate）來呈現實作中專業技術（expertise-in-use），以下兩個理由使電影成為理想的替代品：一是電影屬於真實語料（authentic material），因為它是由英語母語人士所編製，觀眾對象也是英語母語人士，因此其中的對話在言詞上及社會情境上是正確適當的，而且影片中的演員是英語母語人士，有能力示範「專業技術」。另一個理由是電影中的口語溝通接近真實日常生活的口語溝通，因為電影中的口語溝通的目的是為了社會溝通，包含道歉、問候、詢問等語言功能（language functions），和日常生活的口語溝通一樣具備有意義的目的（meaningful purposes）。因此，經過適當的篩選，電影可以讓英語學習者看到英語是如何被母語使用者用來彼此溝通。

　　雖然電影可以作為示範英語口語溝通的工具，但光是讓學生觀摩（observation）還不夠，必須要設計活動讓他們進行實作練習（practice）。對初階學習者而言，要他們進行即席的真實對話是不容易的，但教師可以根據認知學徒學習法（cognitive apprenticeship）設計能夠促進真實對話的學習活動。在認知學徒學習法（cognitive apprenticeship）中，實作練習（practice）階段的重點有二：師父的輔佐（scaffolds）以及持續觀摩實作中的專業技術（continual access to expertise-in-use）；前者幫助學徒執行運用標的知識或技術；後者讓學徒在不斷觀察中增進了解，並修正自己的實作表現。由此類推，英語口語訓練的活動設計必須要提供輔佐工具及專家（母語人士）在真實情境的口語溝通。

　　本研究嘗試以電影配音活動來提供輔佐工具及專家（母語人士）在真實情境的口語溝通。電影配音雖然不是真實口語溝通，但

因為它能提供輔佐工具（scaffolds）和實作中專業技術（expertise-in-use）（Brown, Collins, & Duguid, 1989），因此以此方式學習的英語知識和口語技巧容易在日後的真實溝通情境被啟用；也就是說，它有希望促進真實溝通能力。在電影配音活動中，學生模仿學習影片中演員的口語表達，而且必須專注於影片的劇情發展，才能完成配音的任務。影片的內容，包括英文字幕，提供學生輔佐工具，使他們能正確地說出對白，他們不需要負責全部的對話責任，亦即他們不用擔心要說什麼，只須跟著字幕；他們也不必上台表演，有演員的臉部表情、手勢、及動作幫助他們用感情幫劇中人物發聲。另外，學生在電影配音中能夠持續觀摩實作中專業技術（expertise-in-use），亦及母語人士之間的情境口語溝通，因為學生必須注意螢幕上劇情的發展和演員的一舉一動，才能對嘴（lip synchronization），正確地配音，因此會注意到整個對話的社會情境（social context）以及實體環境（physical environment），也會注意到在此情境下演員所示範的口語溝通。整體而言，學生可以在影片及演員的庇護下扮演母語人士的角色並模擬，至終熟悉真實的口語對話。

　　本研究的研究方法設計是根據「設計型研究」（Design-based Research, DBR）。設計型研究（DBR）是一種新興的研究方法，注重以教室情境為主的教育理論創新，其目標在於銜接教學實務（practice）與理論（theory）之間的落差，深入了解創新的教育理論如何、何時、及為什麼在教學上奏效，並根據教學結果改善教育理論（The Design-Based Research Collective, 2003）。本研究採用此研究方法的原因有三：一是本研究的創新及以理論為出發點的本質。本研究著重初階英語學習者的需要，並以實境學習理論（situated learning）中的認知學徒學習法（cognitive apprenticeship）應用在初階英語學習者的口語能力訓練上，這種教學方式，就筆者所知，目前並未有人，或沒有廣泛地在台灣地區執行，因此本研究在理論上是創新的，適用於設計型研究（DBR）以理論為出發點的特質。另外一個理由是本研究的重點在於教學的過程（process），也就是課室中進行的活動，以及這些活動對學生的意義。學生在教學過程中的行為及態度是研究重點，並會用來調整教學設計；也就是說，本教學設計會不斷更新，以求更好的學習結果。設計型研究（DBR）亦強調學習的情境（learning context）以及不斷地設計、執行、分析、和再設計研究（The Design-Based Research Collective, 2003, p. 5）。還有一個理由是本研究嘗試以教學的結果來檢視認知學徒學習法（cognitive apprenticeship）是否適用於英語外語教學，這點符合設計型研究（DBR）以教學實務修正理論的精神。總而言之，本研究嘗試以設計型研究（DBR）來探討認知學徒學習法（cognitive apprenticeship）、電影配音教案（teaching project）的設計、以及電影配音教案在教室的實施三者之間的關係。

本電影配音教案的實施對象為台北縣某私立技術學院的 39 位二技夜間部學生。使用的教材是電影麻辣公主（Ella Enchanted）（Startz & O'haver, 2004），從該片中挑出四個片段（三段老師選擇，一段由學生自選）先觀賞並講解後，學生分組並選擇一個角色為其配音，在配音中模仿演員的說話速度、節奏、語調、及聲音情感，最後學生的配音被錄製成聲音檔後加以評分。

在資料蒐集方面，首先是教學前問卷調查，以了解學生的英語學習興趣和動機等因素；其次，學生在完成每次電影配音後要寫學

習日誌，以問答題的方式說明他們在活動中的感受；最後學生要寫整學期心得報告並填寫教學後問卷；在全部教學後抽數位同學進行訪談，此外，筆者為本教案的教學者兼研究者，因此可以在課堂上進行實地觀察。

　　本研究的探討方式以詮釋（interpretivism）為主（Erickson, 1991; Gall, Borg, & Gall, 1996）。所蒐集的資料乃是用來形容及分析教室中進行的活動和事件，並試著以「局內人」（insider）的角度來解讀這些活動和事件對參與學生的意義。因此，本研究屬質性個案研究（qualitative case study），目的在深入了解以認知學徒學習法（cognitive apprenticeship）為基礎的電影配音來進行英語教學會是什麼情況，學生又如何看待這種不同以往的學習方式。

　　本研究還希望能帶給外語教學不同的思維方式。由於缺乏與母語人士的接觸及日常生活使用的機會，外語學習一向是一個困難的任務，在教室的環境學習外語更是困難，因為教室本身的情境資源（contextual resources）有限，未必能營造語言溝通的需要。因此，本研究的最終目標是能凸顯外語學習的性質，並提供在初學階段培養口語溝通能力的另一種方法。以下是主導本研究的三個研究問題：

1. 以電影欣賞作為觀摩英語口語溝通典範的過程如何影響學生的英語學習經驗？（How are the participants' language learning experiences shaped in the process of film viewing as the observation of expertise-in-use for English oral communication?）

2. 以電影配音活動作為英語口語溝通實作練習的過程如何影響學生的英語學習經驗？（How are the participants' language

learning experiences shaped in the process of film dubbing as practice for English oral communication?）

3. 電影片段的言辭（linguistic）特色及非言辭（nonlinguistic）特色如何影響學生在電影配音中的表現？（How do the participants' performances in the film dubbing tasks relate to the linguistic and nonlinguistic characteristics of the film clips?）

第二章　理論基礎與背景

本章共分三部分：第一部分介紹實境學習理論（situated learning theory）及如何應用到英語教學與學習；第二部分討論實境學習理論的學習環境；第三部分探討電影配音教學如何在課室實現認知學徒學習法（cognitive apprenticeship）；第四部分是本研究所使用重要詞彙的定義。

第一節　實境學習理論
（Situated Learning Theory）

這一節從四方面介紹實境學習理論（situated learning theory）：首先提到在學校教育與真實世界的落差；第二部分是實境學習理論（situated learning theory）的三個要點；第三部分談到促成實境學習（situated learning）的環境條件；最後討論如何在教室中實現實境學習（situated learning）。

一、學校教育與真實世界的落差
（Learning in and out of School）

　　實境學習理論（situated learning）的出現其實是有鑑於學校教育的偏差。Brown、Collins、和Duguid（1989）指出，學校教育基本上認為知識（knowledge）是抽象、恆定的、可以從它被發展及被使用的情境抽離出來單獨討論；因此，學習（learning）是一種純思考的行為、單獨的認知、及符號的操弄（Resnick, 1987, p.13）。在這種思維模式之下，學生被隔絕與知識相關的情境（context）與活動（activity），只能學習符號（symbol），藉由缺乏情境的理論及觀念解決預先設定好的（well-defined）問題，最後得到的是僵硬死板的觀念，無法活用在現實世界多樣化的情況（e.g., Bransford, et al., 1990; Brown & Duguid, 1996; Choi & Hannafin, 1995; Lave, 1988, 1996; Papert, 1993; Suchman, 1987, 1993; Wilson, 1993）。

　　Brown、Collins、和Duguid（1989）指出，學生在學校的學習模式和一般人在現實生活中思考及行動的方式很不一樣，如表 1所示。在現實生活中，一般人（just plain folks, JPF）和專業人士（practitioner）藉著評估週遭環境的條件來解決問題（Gibson, 1986）。他們根據所從事活動的情境（context）來建構意義及理解，因此所領略出的知識是活用的，而且植基於社會架構。也就是說，他們的問題處理和週遭環境息息相關，所採取的解決方式也與當時的情境環環相扣，就像一個技師不能單憑說明書就完全熟悉一台影印機，必須一邊實際操作（Suchman, 1987）。由此可見，實境學習理論（situated learning theory）認為人類的思考以及行動決定於當

時的情境，且隨之改變，並非像學生在學校以抽象的規條應用在預先設定的問題。總而言之，實境學習理論強調真實活動在現實生活的複雜社會及行動系統（e.g., Barsalou, 1999; Clark, 1997, 2003; Gee, 1992; Lave, 1996; Lave & Wenger, 1991; Wenger, 1998; Wertsch, 1998）。

表 1　學生（student），一般人（JPFs），以及專業人士（expert）解決問題的模式（Brown, Collins, and Duguid, 1989, p. 35）

	Students	JPFs	Experts
Reasoning with	laws	causal stories	causal models
Acting on	symbols	situations	conceptual situations
Resolving	well-defined problems	emergent problems and dilemmas	ill-defined problems
Producing	fixed meaning and immutable concepts	negotiable meaning and socially constructed understanding	negotiable meaning and socially constructed understanding

二、實境學習理論的三個要點
（Three Tenets of Situated Learning Theory）

　　實境學習理論強調知識乃是植基於情境，是其被使用之下的活動、情境、以及文化的產物（Brown, Collins, & Duguid, 1989, p. 32）。這個基本觀念指出知識以及人類的互動不能與真實世界分開討論（Norman, 1993），知識一定會牽涉到真實操練（authentic practice），因此最好以它在實際生活中使用的方式來學習（Chaiklin & Lave, 1996; Lave & Wenger, 1991; Wenger, 1998）。所謂情境並非單指學習活動中互動的時間環境和空間環境，而是強調三個要點：（1）知識工具化;（2）意義（meaning）是社會協商（social negotiation）及建構（construction）的產物;以及（3）真實活動（authentic activity）的重要性（Brown, Collins, & Duguid, 1989; Lave & Wenger, 1991）。以下詳述這三個要點：

（一）知識工具化（Knowledge as Tools）

在實境學習理論中，知識被視為一種工具，必須在它被使用的社群，即「實作社群」（community of practice, CoP）中透過不斷的實際運用才能真正學會（Brown, Collins, & Duguid, 1989），不能單靠學習抽象的規則，因為某些知識和技術的意義包藏在實際操作，必須要在真實情境中才能了解使用它們的時機，因此，學習者必須參與實際操作的真實活動以獲得親身經歷（Chaiklin & Lave, 1993; Johnson, 2006; Lave & Wenger, 1991; Wenger, 1998）。

在英文口語能力學習上，知識工具化可解釋為把英語當作日常生活的溝通工具來學習，這種學習方式常見於母語學習及第二語言（SL）學習，但不是在外語（FL）學習，因為在外語環境中，標的語言（target language）並非日常生活的溝通工具;在學校則一般藉著「內容導向教學」（content-based instruction）來把標的語言當作溝通工具，例如以英文來教自然科學。然而，這種教學方式常常要用英文來表達一些抽象的觀念，學生必須具備相當的「學術認知

語言能力」（cognitive academic language proficiency, CALP）
（Butler-Pascoe & Wilburg, 2003），對中上程度的英語學習者或許
可行，但對初階英語學習者而言則過於困難。初階英語學習者還在
學習「基本人際互動溝通技巧」（basic interpersonal communication
skills, BICS），不適合此類教學。因此，為了達到知識工具化，必
須要有特別的教學設計以幫助初階英語學習者增進口語溝通能力。

（二）社會協商及建構之下的意義（Meaning as a Product of Social Negotiation and Construction）

Brown，Collins，和 Duguid（1989）指出，知識（或技術）的
意義決定於該知識的實作社群（community of practice）及其價值
觀。在實作社群中，成員從事該知識（或技術）的相關活動，這些
活動的意義及目的是由過去到現在的成員不斷協商切磋而成；也就
是說，意義的形成是一種社會活動，例如，在二人的對話中，交談
者乃是從雙方的社交目的（social aims）、社交關係（social
relations）、以及實際互動行為表現（包含手勢、肢體語言、眼神、
及物品操弄）來決定語言的意義（e.g., Goodwin, 2000; McNeill,
2000）。

社交關係和社交目的在英語外語教學及學習中也一樣重要，尤
其是在教材內容。大部分的英語會話課本的內容以提供「語言樣本」
（language sample）為主，學生多半看不出一段對話中的社交關係
和社交目的。Atkinson（2002）強調語言乃是用來建立、改變、或
維持人際關係；Erickson（1991）則指出社交互動是語言學習環境

的根基，學習者應該要知道互動目的及互動過程的社會情境（p. 341）。因此，英語學習者應該要學習具有社會情境的有意義對話。

（三）真實活動（Authentic Activity）

在實境學習理論中，某知識領域的「真實活動」（authentic activity）是指該知識的專家或執業者在平常真實情境中的問題處理活動（ordinary activities which practitioners and experts engage in during real problem-solving situations）（Wilson, 1993）；Brown、Collins、和 Duguid（1989）把真實活動定義為代表某一領域文化之平常實作的一貫的、有意義的、有目的的活動（coherent, meaningful, and purposeful activities that represent ordinary practices of the culture of a domain），例如在裁縫店縫釦子或熨衣服則是真實活動。

相對而言，在第二語言習得（SLA）的領域中，「真實」（authenticity）這個詞似乎始終沒有一致的定義。Gilmore（2007, p.98）曾經引述四位學者提到的定義如下：

1. [Authenticity relates to] the language produced by native speakers for native speakers in a particular language community (Little, Devitt & Singleton, 1989);

2. [Authenticity relates to] the interaction between students and teachers and is a 'personal process of engagement' (van Lier, 1996);

3. [Authenticity relates to] the qualities bestowed on a text by the receiver, in that it is not seen as something inherent in a text itself, but is imparted on it by the reader/listener (Breen, 1985);

4. [Authenticity relates to] a stretch of real language, produced by a real speaker or writer for a real audience and designed to convey a real message of some sort (Morrow, 1977)

　　這些定義各從不同的角度切入，如交談者、互動、或文字，缺乏整體、宏觀的定義。本研究試著把實境學習理論中真實活動的定義應用到英語口語溝通能力的學習，以定義其真實活動。首先，實境學習理論（situated learning theory）中「真實活動」（authentic activity）的定義是「代表某一領域文化之平常實作的一貫的、有意義的、有目的的活動」（coherent, meaningful, and purposeful activities that represent ordinary practices of the culture of a domain），應用到英語口語溝通，「活動」（activities）一詞指的就是英語口語溝通；「平常實作」（ordinary practice）可視為在日常生活的活動中所進行的英語口語溝通，因為就實境學習的觀點，語言是一種資源，用來參與日常生活的活動（Zuengler & Miller, 2006）；「某一領域文化」（the culture of a domain）可對應為英語母語人士的語言文化，包含其語言使用所反映的態度（attitude）、價值觀（values）、信念（beliefs）、以及生活方式（lifestyle）。從英語的外語（EFL）學習者的角度來看，英語母語者的語言文化代表了標準英語，也就是正確且適切（appropriate）的語言使用，包括語言知識（linguistic knowledge）及文化知識（cultural knowledge）（Erickson, 1991; Hymes, 1974）。其中所謂「適切」（appropriateness）的意思是指「語言使用行為符合該語言母語人士之語言知識及社會文化的期待及運作之程度」（the extent to which a use of language matches the linguistic and

sociolinguistic expectations and practices of native English speakers）
（Richards & Schmidt, 2002, p. 30），因此，「某一領域文化」（the culture of a domain），也就是英語母語人士的語言文化，可解釋為符合英語母語人士之語言知識及社會文化的期待及運作的英語口語溝通。總括而言，本研究將英語口語溝通的真實活動定義為「在日常生活的活動中所進行一貫的、有意義的、及有目的的英語口語溝通，且符合英語母語人士之語言知識及社會文化的期待及運作。」（the coherent, meaningful, and purposeful English oral communication conducted in the activities of everyday life in conformity with the linguistic and sociolinguistic expectation and practice of native English speakers ）。

第二節　實境學習理論的學習環境
（Learning Environments of Situated Learning）

　　為了要營造實境學習（situated learning）的環境，Brown、Collins、和 Newman（1989）提出「認知學徒學習法」（cognitive Apprenticeship）；Lave 和 Wenger（1991）則由社會文化的觀點來詮釋學習，他們將認知學徒學習法（cognitive Apprenticeship）發展為「合法局部參與」（legitimate peripheral participation, LPP），以下分別介紹這兩種學習環境。

一、認知學徒學習法（Cognitive Apprenticeship）

　　認知學徒學習法（Cognitive Apprenticeship）是實現實境學習的方法，主張以傳統學徒在工作場所跟著師父學習技藝的方式學習概念性知識（conceptual knowledge），主要是讓新手一開始就能融入真實情境的活動與社會互動（e.g., Brown, Collins, & Duguid, 1989; Clancy, 1992; Collins, Brown, & Newman, 1989; Lave & Wenger, 1991）。在學徒制的工作場所，專家（師父）不斷活用技術來完成有意義的工作（Collins, Brown, & Newman, 1989, p. 453），學徒在師父的督導下藉著觀摩和參與實際操作來學習技術。從師父的角度來看，學徒見習包含三的階段：示範（modeling），訓練（coaching），及淡出（fading）。在示範階段，學徒不斷觀察師父的技術，通常包含許多複雜的細節；在訓練階段，學徒試著著手操作，師父則在一旁帶領及輔導，等學徒慢慢熟悉以後，師父就逐漸放手。在訓練階段有個重點，就是提供輔助（scaffolding），可能是提醒或幫忙的形式，讓學徒能一步一步累積能力，直到能獨當一面。這三個階段從學徒的立場看則是觀摩（observation）、受訓（coaching）、以及實作（practice）（Lave, 1994）。

　　傳統的學徒學習方法包含兩個重點：專業程序（expert process）和實境學習（situated learning）（Collins, Brown, & Newman, 1989）；前者指的是在觀摩階段，新手觀察專家處理複雜工作的整個過程，這種觀察能幫助他們對即將要學的技術有統整性的了解；後

者，也就是實境學習，指的是訓練的階段，學徒在師父的帶領下執行真實的社會實作（actual social practice）。

Collins、Brown、和 Newman（1989）指出，專業程序（expert process）和實境學習（situated learning）二個重點可以用來解決學校僵化死板的教育（p. 457），他們主張以學徒學習的方式來學習觀念性（conceptual）和事實性（factual）知識，就是「認知學徒學習法」（cognitive apprenticeship）。認知學徒學習法（cognitive apprenticeship）一樣強調專業程序（expert process）和實境學習（situated learning）二個重點，在專業程序（expert process）中，以專家在現實情境中解決問題的活動來呈現及說明觀念性和事實性知識；在實境學習中，學生將這些知識應用在問題解決的活動上，也就是說，學習的情境（learning context）很重要（Simonson & Maushak, 1996），目的是要提供豐富的情境資源，使學生對知識的理解和記憶植基於問題解決的情境（Collins, Brown, and Newman, 1989, p. 457）。

二、合法局部參與（Legitimate Peripheral Participation, LPP）

Lave 和 Wenger（1991）著重認知學徒學習的初期，發展出「合法局部參與」（legitimate peripheral participation, LPP）的理念，以確保新手能參與實作社群（community of practice）的真實活動（authentic activity），保障學習機會。在「合法局部參與」（legitimate peripheral participation）的情況下，新手一邊觀察、一邊參與實際

操作，但只負責較單純、容易的部分，等到逐漸熟悉後，才慢慢擔當較困難、較核心的工作，一直到成為老手或專家。Lave 和 Wenger 認為「合法局部參與」（legitimate peripheral participation, LPP）是最理想的學習環境，即使沒有刻意的教學，新手也能有效的學習。

　　合法局部參與（legitimate peripheral participation, LPP）可視為認知學徒學習法的延伸（Lave & Wenger, 1991），二者的中心思想都是主張學徒制的學習方式，然而，Lave 和 Wenger（1991）不談學校教育，而是純粹就學習提出新的觀點（p. 39），他們認為這個世界的結構是以社會為主，而學習則是社會實作（social practice）不可缺的一部分，因此學習可被視為一種過程（process）、也是社會共同參與（social coparticipation）的產物。他們的論點強調如何營造適當的社會參與（social engagements）以提供能引發學習的適當情境（Hank, 1991）。基於學習是一種實境活動（situated activity）的基本理念，他們把學習定位於合法局部參與的過程。圖一顯示合法局部參與的概念。

　　「合法」（legitimate）一詞意指在社群中被接受，具有實質、合法的成員資格；「局部」（peripheral）是指參與的切入點，在社群中獲得資源，藉著漸進式的參與而瞭解該社群的知識與技術（Lave &Wenger, 1991, p. 37）。在合法局部參與（legitimate peripheral participation, LPP）中，新進者在專家的引導下只局部參與該社群的實際社會實作（actual social practice），而且只負擔部分的責任，藉此引導式、符合初學者能力範圍內的學習任務（guided manageable task），新進者得以循序漸進，逐漸提高參與的程度，直到完全參與。Lave 和 Wenger（1991）藉著合法局部參與（legitimate peripheral

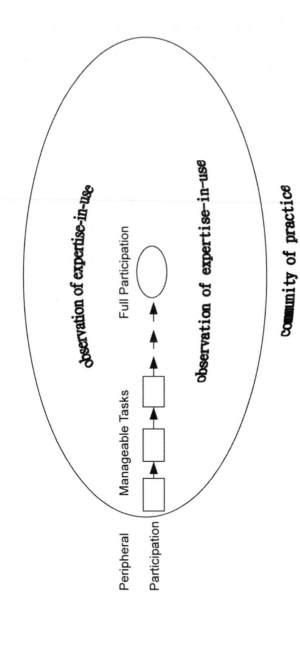

圖一 合法局部參與（legitimate peripheral participation, LPP）概念示意圖

participation, LPP）的觀念來確保初學者在新加入某實作社群
（community of practice）時能有參與的機會，以獲得學習機會，也
以此觀念描述在社群中不同的參與形式帶來不同的學習。

　　合法局部參與（legitimate peripheral participation, LPP）不但強
調參與實作社群（community of practice）的活動，也注重學習者與
社群的關係。在實作社群中，新進的初學者未必只向大師（master）
學習，他們也會和老手（old timer）或是其他初學者互動，後者學
習的效果不遜於大師的教導；Lave 和 Wenger（1991）指出，同儕
之間的知識交流往往既快速又有效。藉著在實作社群中的合作社會
互動，初學者得以在該知識的活動、文化、及情境中與其成員對話，
並一起行動，藉此建構該知識的意義。Lave 和 Wenger（1991）主
張合法局部參與（legitimate peripheral participation, LPP）是一種轉
變的過程（transformational process），在其中新進初學者參與新任
務，獲得新知識，至終轉變成完全的參與者（full participant），也
取得新的自我定位（identity）。

　　Lave 和 Wenger（1991, p.53）把 Identity 定義為個人和其在實
作社群（community of practice）中地位和參與之長期、活絡的關係
（long-term, living relations between persons and their place and
participation in communities of practice）。

　　事實上，自我定位（identity）的發展並非一定要本人置身於該
實作社群（community of practice）。Wenger（1998, p. 173）提出另
一種歸屬於某實作社群的方式：想像（imagination），意即個人以
想像力創造出世界的形象，藉著外推自身的經驗而跨越時空建立連
結（…imagination, by which a person creates "images of the world and

seeing connections through time and space by extrapolating his or her own experience"）。Kanno and Norton（2003）以此為基礎提出「想像社群」（imagined community）的概念來延伸合法局部參與（legitimate peripheral participation, LPP），他們主張人類有能力與超越時空範圍的社群產生連結感，而這種連結感也包含預設與該社群未來可能發生的關係。例如，在加拿大的融入式法語教學計畫中，校方和家長讓孩子們學法語的目的不只是應付將來競爭的就業市場，他們也認為孩子們有可能會接觸到他們想像中的多語言、跨國的社群（Kanno & Norton, 2003, p. 245）。Kanno 和 Norton（2003）認為這種想像社群的真實性不亞於直接參與的社群，而且可能對學習者產生很大的影響，包括學習行為和學習投資，而後二者又會進而影響學習者自我定位（identity）的建立以及學習的參與深度（engagement）。

　　Lave 和 Wenger（1991）把學習視為共同參與的觀念已經帶給第二語言習得（SLA）一些影響，尤其是如何將學校的教學連結到外面的世界、如何把學校和教室規畫成實作社群，以及哪些種類的參與（participation）可以落實在學生身上（Zuengler & Miller, 2006）。根據合法局部參與（legitimate peripheral participation, LPP），語言學習可以被視為逐漸改變（增加）參與和標的語言有關的實境實作的一種過程（changing（increasing）participation in situated practices involving the target language）。語言學習者的進步可以定義為逐漸有能力參與該語言社群日常生活的溝通。已經有一些研究在探討學生如何在教室內參與互動（Nassaji & Wells, 2000; Nystrand, et al., 2003; Tharp & Gallimore, 1991），這些研究的重點是

分析老師和學生或學生和學生之間的對談。另外也有研究用合法局部參與的觀點來探討非英語母語人士在學術研究寫作上的問題（Flowerdew, 2000）和少數名族學生學習外語的問題（Kanno, 1999; Toohey, 1998）。

三、實境學習與教學設計
（Situated Learning and Instructional Design）

　　實境學習理論（situated learning theory）提供給學校教育的省思是如何把教室的學習連結到外面現實世界的活動（Brown & Duguid, 1996）。Winn（1996）提出三個達到實境學習教學設計的方針：（1）設法讓學生在學校以學徒的方式學習；（2）盡可能把真實活動帶進教室；及（3）提供現實世界的學習經驗（p. 61）。此外，Norman（1993）提出七個指標以帶給學生緊湊（intense）又有成就感（rewarding）的學習經驗：（1）高度的互動與回饋；（2）清楚的目標與程序；（3）引起動機；（4）持續且難度適中的挑戰；（5）直接參與，直接經歷環境，直接著手學習任務；（6）適當的學習工具；以及（7）避免會干擾學生主觀學習經驗的事物（McLellan, 1996, p. 10）。這些指標可以應用在設計實境學習的教學活動上。

　　在學校的環境並不容易找到像工作場所的真實學習環境，因此McLellan（1996）建議其他方式也可達到同樣的效果，包括工作環境的模擬替代品（a highly realistic or 'virtual' surrogate of the actual work environment）和「定錨式情境」（anchoring context），例如一

部影片或甚至校外地下鐵之旅（p.12），定錨式情境（anchoring context）指的是一個焦點事件（focal event），可引起學生的興趣並作為問題解決的素材（Cognition and Technology Group at Vanderbilt, 1989），目的是使學生注意到問題的關鍵，有新的體認與了解，至終能以新的眼界來看待該問題（Bransford, et al. 1990, p. 123）。

科技（technology）是實踐實境學習（situated learning）的重要工具，可以豐富教室的情境資源（Harley, 1996），也能改變學生的學習態度，進而影響學生的認知、情意反應、行為、及行為動機（Zimbardo & Leippe, 1991）。Simonson 和 Maushak（1996）針對以科技為基礎的教學提出五個條件，以改變學生的態度：（1）對學生而言真實、適切的情境，且在科技上夠刺激；（2）能提供關於某個主題有用的訊息；（3）學生能參與媒體的計畫、製作、及傳送；（4）有後續的討論或提出問題，使學生能對教學提出意見；以及（5）在過程中學生能經歷有意義的感情投入（a purposeful emotional involvement）。

最後，Brown 和 Duguid（1996）指出，教學設計的終極挑戰是開創「合法局部參與」（legitimate peripheral participation）的環境，使學生能以各樣方式來探索週遭情境的資源，以建構他們日後完全參與真實活動所需要的知識。

第三節　認知學徒學習法與
初階英語學習者的口語溝通教學
（Cognitive Apprenticeship and the Instruction of
Oral Communication for Lower-Level EFL Learners）

　　本研究嘗試以電影配音活動為初階英語學習者設計認知學徒學習（cognitive apprenticeship）的環境，以下說明電影觀賞如何實現認知學徒見習（cognitive apprenticeship）的觀摩（observation）階段，電影配音如何實現訓練（coaching/practice）階段、以及影片選擇的基本原則。

一、電影觀賞與實境範例觀摩
（Film Viewing as Observation of Situated Model）

　　根據 Rogoff（1990），觀摩或觀察（observation）是人類常見的學習方法。例如，幼兒在學習母語的階段主要是藉著觀察及不經意聽到周圍成人的交談與互動，他們會以成人的情緒表現及肢體動作等來判斷對話的意義與情況，這種「社會參照」（social referencing）使幼兒能解讀成人所傳達的訊息（p.67）。同理類推，在英語學習上，觀摩也是不可缺的學習過程。以下介紹觀摩的二個層面：標的技術的觀摩（target task or process）及標的技術之社會情境的觀察（the social context of target task or process）。

（一）標的技術觀摩（Observation of Target Task or Process）

根據 Lave（1994），在實際操作前先觀摩所要學的技術或程序可以在學習者腦海中建立一個概念性的模型（conceptual model），此概念性的模型（conceptual model）可在四方面幫助學習：（1）能作為一種「前導組織工具」（advanced organizer），使學習者在學習初期能藉以自我督察及自我修正；（2）讓學習者藉以明白師父（master）的提示、修正、及回饋；（3）成為「內化性引導」（internalized guide），幫助學習者接下來的獨立學習；以及（4）幫助學習者在進一步觀摩時自我反省（Collins, Brown, & Newman, 1989; Lave, 1994）。因此，觀摩能使學習者先有全面性（global）的了解後才開始局部性（local）的學習，有助於學習者的領悟與接下來後續學習的自我修正。

英文電影能讓英語學習者觀摩口語溝通的標的技術與過程，也就是演員所表達的口語（verbal）與非言詞的（nonverbal）溝通訊息。口語（verbal）的訊息包括語調（intonation）、重音（stress）、說話節奏（speech rhythm）、口音（accent）、說話速度（speech rate）、單字意義（word meaning）、及當代成語及用語（contemporary idioms and expressions）等（Canning-Wilson, 2000; Gildea, Miller & Wurtenberg, 1990; Stempleski, 1992）。英語電影的劇情語對白是由母語人士撰寫，且是給母語人士觀賞的，其中包含自然的口語表達、各式的口音、當代的成語及用語、正常的說話速度等（Stempleski, 1992）供學習者觀察學習。Kellerman（1992）指出，目視說話者

的嘴部動作,包括嘴唇、上下顎、及舌尖等,有助於瞭解說話內容
的意義。這些在電影中都可能看得到,而且其中的語調、說話節奏、
說話速度等都是配合劇情,在類似現實生活真正的對話情境中發生
的,而非脫離情境的純粹示範(Canning-Wilson, 2000)。

　　非言詞訊息(nonverbal information)有動作(kinesics),包括
手勢和面部表情等,和近接學(proxemics),包括肢體距離和接觸。
已有許多研究討論動作(kinesics)在口語溝通中的重要性。例如,
Applbaum 等人(1979)指出,非言詞訊息(nonverbal message)點
明說話者的意願、意圖、態度、角色、反應、以及情感;Antes(1996)
指出,手勢可以釐清、強調、或精簡說話者的意義,甚至取代言詞。
在社交互動中,有些動作,例如鞠躬和握手,是必須伴隨語言表達
的,也應該要和語言表達一起學習。有些肢體動作,如眉毛的動作
及手勢,可以決定說話內容的解讀(Kellerman, 1992; Antes, 1996)。

(二)標的技術之社會情境的觀察(Observation of the Social Context of the Target Task or Process)

　　Collins, Brown, and Newman(1989)強調觀察標的技術的社會
情境(the social context of the target task or process)在三方面有助
於學習:(1)能接近實作社群(community of practice),在其中觀
摩實作中的專業技術(expertise-in-use)以得到精確的理解;(2)
在標的技術之社會情境中,學習者可能接觸到不只一位專家,能觀
摩他們的不同風格,以了解該技術的多樣化與彈性;以及(3)學

習者可能遇見其他不同程度的學習者，可互相切磋琢磨。總而言之，觀摩標的技術的社會情境使學習者能了解該領域的全貌，能得知如 Lave 和 Wenger（1991）描述的 "who is involved, what they do, what everyday life is like, how masters talk, walk, and work, and generally conduct their lives"（p.95）。

　　電影中的劇情描繪多種口語溝通的社會情境。隨著故事情節的發展，影片的對話都是有意義、有目的的人際互動，劇中人物也有像 Liddicoat（1997）提出的淵源關係（preexisting relationships）（p. 314），或是在劇中建立新關係。透過電影的影音科技，他們之間實際的溝通互動情形得以活生生地呈現在英語學習者面前。由於是真實語料（authentic language material），英文電影中的口語溝通基本上反映母語人士的價值觀、態度、信念、以及生活方式，因此可以作為提供英語口語溝通社會情境的管道。

　　事實上，故事（stories）事實境學習理論的重要因素之一（McLellan, 1996）。McLellan（1996）指出，故事提供人類發現及學習的記憶軌跡（track）；Brown（1989）將故事形容為一種「專門系統」（expert system），可在需要的情境協助人類儲存、連結、即取用資訊。

二、電影配音活動與語言實作練習
（Film Dubbing as Language Practice）

　　單是靠觀摩（observation）並不足以幫助學習（Moore, et al., 1996）；根據 Lave 和 Wenger（1991），要成為一個實作社群（community of practice）的正式合格成員，必須有多方面管道可以接觸該社群的活動進行（ongoing activity）、老手（old-timer）、資訊（information）、資源（resources）、以及參與機會（opportunities for participation）。以上都可以藉由觀摩接觸，唯獨「參與機會」（opportunities for participation）必須藉由實作（practice）才能實現。

　　實作之所以重要是因為它對人類記憶與未來行動（future action）的影響深遠。Brown、Collins、和 Duguid（1989）指出，人在活動中所形成的知覺（perception）是一種學習的重要表徵（feature），活動的環境因素，如實物環境（physical environment）、社會情境（social context）、器物（artifacts）、以及其他人，都影響到學習者的知覺（perception）；這些知覺又會影響到學習者日後的行動（future action）。因此，重複出現的環境因素容易導致重複的日後行動；也就是說，知識的結構與意義都潛藏在它被發展及運用的活動和環境當中。因此，知識（或技術）被學習的方式能決定它未來在現實世界被活用的程度；如果知識能在類似現實生活的實物及社會情境中被學習，就比較可能在現實生活中被啟動活用。簡言之，記憶和日後行動都是植基於情境（context-dependent）。

　　電影配音活動提供了接近現實生活情境的學習環境。縱然學習者在電影配音活動中並未真正參與口語溝通（對初階學習者而言也

不可能），學習者在此活動中所形成的知覺（perception）卻有助於將所學的語言知識與技巧運用在日後的真實情境，因為在電影配音活動中他們能看見口語溝通的實物環境，也知悉對話的社會環境，若這些環境因素與現實世界類似，則能幫助學習者在日後遇到相似的情境時，能啟動先前所學的語言溝通能力。

另外，Collins、Brown、和 Newman（1989）強調在實作階段必須給予學習者輔助（scaffolding），尤其是所學不多的初學者。英語初階學習者由於習得的字彙量有限，通常無法不經準備而自由交談（unscripted free talk）。一般而言，初階的語言練習活動幾乎都是機械化地重複單獨的句子或單字，缺乏社會情境，因此學習者很可能只學到字面上的語意（propositional meaning）（Bloom, 1992），在真實溝通的時候無法活用。若要達到實境學習（situated learning），學習者必須在社會情境中藉著輔助（scaffolding）來實作練習。

表面看來，電影配音似乎是行為主義式的（behaviorist）模仿演員說話，但其實不然。電影配音活動的模仿和行為主義的機械化重複是不同的。實境學習理論強調在實作社群中的模仿，也就是認知學徒學習中，置身於所學知識或技術的活動、情境、以及文化中的模仿。就像 Brown、Collins、和 Duguid（1989, p. 34）所論述的「現場」（in situ）的觀摩與實作，學習者學習相關的術語，模仿專家的行為，逐漸表現出該社群的行為模式（norm）。因此，在何種情境中模仿是關鍵。Speidel（1989, p. 161）指出語言的模仿必須強調語言的意義（meaning），也就是有意義的語用情境，這種模仿是「自發性言談」（spontaneous speech）的基礎。因此，機械化重複

的模仿只注重語言的形式（form），但模仿在社會情境中使用的語言，就像電影配音，則同時注重語言的形式（form）與意義（meaning）。

從二方面看，電影配音活動亦包含實境學習（situated learning）的問題解決性質（problem-solving）：一則是配音時的對嘴（lip synchronization），這對初階英語學習者非常具有挑戰性，因為通常母語人士說話的速度對他們而言都相當快；一則是模仿演員說話的語調與情感等特色，這點對學習者可能是較有趣的，因為有的人喜歡模仿誇張、戲劇化的說話方式，有的人則喜歡扮演不同的角色。如果他們能以準確的說話速度和說話方式配合影片中的內容，那種樂趣和成就感有點類似玩電動遊戲，而學習者也能以這種另類方式來經歷影片中的世界，也就是英語被使用的世界（Gee, 2004）。

在美國有一種也是以模仿為主的教學研究：Everyday Life Performance procedures（ELP）（Cronin & Glenn, 1991），是藉著模仿真實電話交談的錄音來學習西班牙文。使用的教材是真實的自然對話（naturally occurring conversation）的錄音和文字稿，學生將對話背起來，然後表演出來，並且盡可能模仿錄音資料中的說話方式，如暫停和音調高低輕重等特色（Hopper, 1993, p.183）。研究結果顯示效果良好，學生的表現逼真而有趣，Hopper（1993）的結論指出，這樣的練習能有效訓練學生的眼、耳、和舌頭，使他們的口語表現大幅提升（Stringer, 1998, p. 221）。

在 ELP 中雖然沒有視覺資訊，單是聽真實對話的錄音就能使學習者透過語調等聲音特色了解並模仿說話者的態度與情感。的確，聲音特色能提供一些情境線索（contextual clues），有助於瞭解

說話內容的意義。在電影配音活動當中，學習者不但聽得見真實對話，也看得見說話者及對話的實物與社會環境，藉著這些完整的視聽資訊，學習更能了解真實對話的語意，也能在模仿有社會情境的對話中建立紮實的口語能力。

Burston（2005）推薦影片配音是一種能夠提高學生學習動機的英語外語學習活動，理由有三：第一是影片配音有實質的最終產品，也就是錄音檔或影音檔，這些資料成為一種紀錄，可以在其他班級播放，因此潛在觀眾（potential audience）很多，也會刺激學生力求最佳表現，以留下最佳紀錄；第二是在電影配音中，學生被允許一直重複錄音，直到滿意為止，因此能使他們多練習，多進步；第三是電影人物提供學生「庇護」（refuge），學生只需要在幕後出聲音，不必在幕前表演，因此較不會緊張焦慮。

除了影片中的世界，教室的環境也形成一個學習社群（community of learning）。事實上，影片中的演員雖然是專家（expert），但他們只能提供示範（modeling），無法訓練（coaching），這個工作要由教室中的老師來承擔，因為老師才能和學生互動並提供幫助。除此之外，學生之間也可以互相學習。也就是說，電影配音活動結合專家社群（電影）和學習者社群（教室）來實踐實境學習中的認知學徒學習（cognitive apprenticeship）。這二種社群的結合提供了 Lave 和 Wenger（1991）所提到認知學徒學習（cognitive apprenticeship）的必要條件，也就是接觸該社群的活動進行（ongoing activity）、老手（old-timer）、資源（resources）、資訊（information）、以及參與機會（opportunities for participation）。

三、選擇影片的原則（Principles of Video Selection）

並非所有的英文電影都適合當作教材，根據學者的研究（e.g., Arcario, 1992; Rubin, 1995），有三方面的原則要考量：影片的影音特徵、影片的語言特徵、以及學習者的特徵。

（一）影片的影音特徵（Video characteristics）

有關影片的影音特徵，有四個原則要注意：一是視覺的輔助（visual support）；Rubin（1995）提出實物背景（physical setting）、行動（action）、以及互動（interaction）三種視覺輔助。視覺輔助（physical support）對初階英語學習者很重要，因為它提供非言辭線索（paralinguistic clues）讓學習者推測語意。教師在選片時必須注意影片中是否有足夠的實物背景（physical setting）、行動（action）、以及互動（interaction），例如臉部表情、手勢、肢體語言等。挑片時可以把影片的聲音關掉，如果不聽聲音仍能了解劇情，代表視覺輔助應該是足夠的（Arcario, 1992）。

第二要注意的原則是一次只觀賞一段獨立的影片片段。將影片區隔為片段是為了方便重複觀賞，至於片段的適合長度，根據研究，以 30 秒到 2 分鐘為佳（Thompson & Rubin, 1993; Rubin, Quinn, & Enos, 1988）。這些片段最好是獨立事件，看起來不會覺得沒頭沒尾。

　　第三個原則是適當的影片內容，不包含猥褻、挑釁、及恐怖等因素。一些具有爭議性的議題如性別歧視、種族歧視、以及同性戀等最好避免之（Arcario, 1992）。

　　第四個原則是有關字幕的放映，這點在學者間並無共識，有的認為應該放字幕，有的則持反對意見。Rubin（1995）認為字幕會干擾學生觀賞影片，不應該播放；但有幾位學者認為字幕有助於提升口語能力和字彙記憶（e.g., Borrás & Lafayette, 1994; Brett, 1998; Froehlich, 1988），也有學者主張母語字幕有助於提高學習興趣和動機（Yu & Huang, 2001）。

（二）影片的語言特徵（Language/text characteristics）

　　在選片時，有關影片的語言特徵（Language/text characteristics）要注意三點：一是內容資訊的密度（density of information），也就是一段時間內（例如一分鐘）說話的字數，這點通常決定影片的難易度。縱然說得愈多愈難聽得懂，其他因素如句法的複雜度、停頓的次數、單字及理念的重複次數也會影響內容資訊的密度。比較上，以故事為主的電影比以說話為主的影片，例如新聞報導和訪談，內容資訊密度較低，較容易理解。

　　第二點是理解對話所須的背景知識（background knowledge）（Long, 1990; Rubin, 1994）。如果學生具備與電影主題相關的知識，就比較能理解對話的內容與劇情。背景知識有很多類型，包括文化、語言、世界、以及文句（text）知識，因此教師在選片時必須先評估學生的背景知識。

第三點是說話方式（speech delivery），包含口齒清晰度、說話速度、口音、和連音現象（Rubin, 1995）。英語母語人士未必每個人說話都咬字清楚，說話速度通常造成理解上最大的困難，口音也會影響理解；在台灣，美國口音是教學主流，但仍應讓學生有機會接觸其它如英國口音，以使學生瞭解口音的差異。另外，音節的變化如連音、音節的同化、縮減、及刪除也可能造成聽力的困難，有必要先教導學生這些現象。

（三）學習者的特徵（Learner Characteristics）

學習者的特徵（learner characteristics）包括年齡、性別、及興趣。影片中的主要人物宜與學習者年齡相仿，以吸引注意力及提高興趣。影片的主題也應符合學習者的興趣（Rubin, 1995）。Arcario（1992）建議採用探討人際關係或大眾化主題的影片。

除了以上選片的原則，影片的時代背景及電影人物的社會階層也應該納入考量。由於語言，尤其是口語，會隨著時間而改變，因此影片的時代背景若是距離現代太遠，則有可能包含一些過時的詞彙或句子，不適合學生學習。另外，學習英語最好從主流英語，也就是美國白領中產階層所使用的英語開始，有些影片使用許多特定社群使用的「行話」（jargon），如青少年、黑幫常用的俚語甚至粗話，不適合初學者學習。

有些教師可能傾向以各種場合（situations）如機場、餐廳等或語言功能（language functions）如道歉、詢問等作為電影教學選片的原則，這些用意固然良好，但是若缺乏對話的社會背景，也就是

溝通的目的、溝通者的關係等因素，這些影片學習容易落入死背，因此還是建議以故事為框架較符合實境學習的作法。

第四節　詞彙定義（Definition of Terms）

　　本研究三個詞彙須要進一步定義說明，以免造成讀者混淆。首先，「初階英語學習者」（lower-level EFL learner）指的是英文能力大約在全民英檢初級上下，未到中級。其次，在此「電影」泛指英語發音，以故事為主軸，且由說英語國家發行的電影。最後，本研究的「英語學習」乃是指以英語為外語的學習，如在台灣等英語並非日常生活溝通工具的學習環境。

第三章　研究方法與教學設計

　　本研究藉著電影配音活動在英語課堂實現認知學徒學習法（cognitive apprenticeship）以提升參與學生的英語口語能力，電影觀賞及講解的目的是提供學生機會觀察英語口語溝通的真實情境範例（situated model）；電影配音活動的目的則是在學生練習口語英文時給予輔助工具（scaffolding）。本章說明本電影配音教案（以下簡稱本教案）的實施環境、試驗性研究、教材選擇、教學設計、資料蒐集工具、資料分析方式、以及執行時間表。

第一節　教案實施環境（Context）

一、夜間部教學環境
（The Unique Context in the Evening School）

　　本教案實施於台北縣某私立技術學院的夜間部，此校夜間部的教學環境和市中心的其他學校不大一樣，一般市中心夜校的上課時

間是從 6 點 20 分到 9 點 40 分，然而該校因為地處郊區，交通不方便，因此第一節課延至 6 點 40 分開始，比一般學校晚 20 分鐘，但最後一節仍須在 9 點 40 分結束，以免學生回家太晚，因此四節課壓縮為每節 40 分鐘，比一般市中心的學校少五分鐘。

縱然第一節課已經延至 6 點 40 分開始，大部分學生仍無法準時到校。原因是因為大部分夜校的學生白天都有工作，而工作的地點多半在市中心，他們必須 5、6 點下班後才能出發來學校，因此經常會遲到 10 到 20 分鐘。為了配合學生的時間，老師通常要等到 6 點 50 分才能開始上課，而此時台下到課的學生通常只有一半，如此一來，教學時間大為縮減，而教學範圍也因此減少。

除了教學時間短少，該夜校的另一個特點是學生的英文程度普遍薄弱。該校在技職校院的排名屬於後段，因為地點偏遠，私立學校學費又偏高，加上讀夜校的學生多半是考不上日間部的學生，結果該校招到的學生大多是在入學聯招考試中分數偏低者，包含英文分數。更糟糕的是這些學生白天上班又忙又累，很難要求他們在課餘時間念書，也就是他們入學進來程度原本就偏低，而進來之後恐怕也不容易有實質的進步。

雖然有這些不利的因素，夜間部的學生在老師的印象中卻是比日間部的學生更有學習動機，因為他們有許多人是為了工作升遷或尋找更好的工作而來追求更高學歷，而且經過社會的歷練後他們顯得較成熟和負責，配合度也較高。

由此可知，該校夜間部的教學環境有利有弊。一般而言英文老師須要有三點共識：一是配合學生的程度降低難度；二是不能分派

過多回家作業，對本教案而言意味者必須在課堂上撥出時間讓參與學生練習電影配音；最後則是要控制學生的遲到情形。

二、語言教室設備（The Context in the Language Laboratory）

本教案實施的語言教室設有 28 組固定式雙人座位，排成四直排面向教室前面，能容納 56 名學生。每個學生座位皆以透明壓克力三面隔開以利錄音及聽力練習，桌上有個人電腦、錄音及放音設備、耳機、及麥克風。牆上有兩組擴音器。地板為階梯式。教室前面有投影機及大螢幕，右前方教師台有 DVD 放影機、音響、投影、及二台電腦，一台為教學電腦，可播放 CD/DVD/CD-ROM；另一台為中央控制電腦，安裝有 Advanced Teaching Tool（ATT），也可播放 CD/DVD/CD-ROM，影像可調整從學生座位的螢幕或教室前面大螢幕播出，聲音可調整從學生耳機或牆上擴音器播出，並能同時錄音及存取全部學生座位的錄音資料，學生也可各自在座位上錄音。

在該語言教室實施本教案在三方面受到限制：一是學生座位上的個人電腦為直立式，影響老師觀察學生，也部分阻擋學生觀看前方投影片或黑板；二是學生座位上的個人電腦沒有安裝 DVD 播放軟體，以至於學生不能自由播放及操控影片，如重複片段或暫停，影片只能從老師座位播放及控制；三是學生座位固定在地板上一律面朝前面，如此空間設計不利於學生面對面分組討論，還好座位走道很寬，可以容納至多四張椅子讓學生作在一起討論。

第二節　參與學生背景特色（Participants）

本教案參與學生為一班 39 位餐旅系夜二技二年級學生，包括
20 位男生及 19 位女生，實施的課程為必修英語聽講訓練，在實施
之前曾以問卷調查學生的學習態度與偏好（參見附錄 1），結果如
表 2。由表 2 可見該班學生普遍認為英文對他們而言很重要，平均
值高達 8.7 分，然而，他們對於學習英文的興趣（6.6）及用功程度
（5.3）則沒這麼高。他們自評的英文口語能力（2.9）及聽力（3.0）
都相當低，這也說明他們在課堂上說英文的意願（3.1）及與英語
母語使用者說英文的信心（4.1）低落，而且也不喜歡演話劇（2.1）
和角色扮演（3.1）活動。對分組活動的接受程度中等（5.4），對西方
文化的接受程度在中等以上（6.9），對看電影的興趣則相當高（8.6）。

表2　參與學生的學習態度與偏好

項目	平均值
體認英文的重要性	8.3
學習英文的興趣	6.6
學習英文的用功程度	5.3
自評英文口語能力	2.9
自評英文聽力	3.0
對西方文化的接受程度	6.9
對看電影的興趣	8.6
對分組活動的接受程度	5.4
對話劇表演的接受程度	2.1
對角色扮演的接受程度	2.6
在課堂上說英文的意願	3.1
與英語母語使用者說英文的信心	4.1

註：答題方式為 1-10 分（1=極低／極差，5=普通，10=極高／極佳）

　　由表 2 的資料可見，縱然該班學生普遍認為英文對他們而言很重要，卻沒有投入相對的心力在英語學習上；他們對自己的英文程度缺乏信心，以致於對課堂上需要開口說英文的話劇表演等活動皆表現出排斥的態度。然而對分組活動的接受度還不錯，意味著她們在英語學習上偏好與同儕互動合作，加上他們對電影欣賞普遍感興趣，說明他們喜歡以合作、輕鬆、甚至好玩的方式學英文，這些特徵對本教案是有利的。

第三節　教學素材（Teaching Materials）

　　本電影配音教案的教學內容為電影「麻辣公主」（Ella Enchanted）（Miramax Film Corporation, 2004）的公播版 DVD 以及部份片斷的對白文字稿。電影的選擇過程並沒有學生參與，因為在準備課程時學期尚未開始，沒有機會調查參與學生所喜歡的電影類型。就算學期一開始就調查也來不及，因為教材準備工作包含電影片段挑選、對白文字稿準備、重要單字講義準備等，需要一段時間，因此必須提前開始。此外，根據筆者，也是本教案教學者，在該夜間部教學十餘年的經驗，發現學生選擇影片多偏向劇情內容而忽略語文難易度，很可能選到不易配音的電影。加上筆者曾以其他電影做為教材，因此大概瞭解適合該校學生興趣及英文程度的影片類型。

　　為了選擇適合本教案參與學生的影片，筆者從相關文獻訂出五項選片的原則：（1）手勢、臉部表情、動作等視覺提示（visual

support）；（2）適合初級學生的語文難度；（3）適合日常對話的用語；（4）有趣的劇情及適度的聲光效果以吸引學生注意力；以及（5）可在市面上買到合法的版本。其中第三及第四個原則似乎意味著現代喜劇電影，然而搜尋之後發現此類影片多半說話速度快、句子長、語意複雜、且包含許多俚語，不適合本教案參與學生的程度，於是擴大範圍搜尋，發現「麻辣公主」（Ella Enchanted）雖是以童話故事為背景的魔幻電影，卻包含許多簡短的對白，語意單純易懂，並有許多肢體動作。此外，它的劇情有趣、聲光效果豐富、對白實用，符合其他的選片原則，因此被選為本教案的教材。

在某方面而言，非現代時空背景的魔幻電影似乎不適合用來教導真實世界的英語口語溝通。舉例而言，片中可能會有精靈、食人妖、會說話的動物、或巨人等不存在的物種；或是魔杖、飛毯、魔粉等與魔法有關的物件；空間背景也可能是不真實的，例如「哈利波特」中的魔法學校。這些因素都會使影片中充斥怪異、少用的文字，且可能在心理上產生不真實的距離感。

幸好，「麻辣公主」（Ella Enchanted）並沒包含太多這一類不真實的因素。雖然劇中有食人妖、精靈、仙女、及一本魔法書，但它們並非主要人物。事實上，它們製造了不少聲光娛樂效果。主要劇情環繞在一群因為一個咒語而命運相連的人類，所使用的語言對白也適用於真實世界。

童話故事是一種文化遺產（Zipes, 1997），反映一種文化的態度、價值觀、及信仰。「麻辣公主」（Ella Enchanted）以輕鬆而生動的方式反映現代美國的價值觀，它改編自童話灰姑娘（Cinderella），主角 Ella 在小時後被一個壞心眼的仙女施予「聽話」（obedience）的

魔咒，必須聽從所有人的命令，而且這個魔法不能區分字面上的命令（如 Stand up.）和隱喻性的命令（如 Bite me.），造成 Ella 時常出糗，做出錯誤的反應。即便如此，她仍然擁有善良的心地與堅強的意志。自從她的母親過世，父親續弦，娶了一個刻薄的繼母，且帶來二個壞姊姊，Ella 的厄運便開始。其中一個壞姐姐發現 Ella 的秘密，時常利用「聽話」的魔咒欺負 Ella，Ella 並未就此消極接受命運，而是離家去尋找解決之道，最後是 Ella 破除咒語、嫁給王子的快樂結局。Ella 勇敢與命運奮鬥的精神反映了 Scarcella（1990）提出的美國價值觀：人定勝天（personal control of environment），解決問題（problem-solving action），及重視將來（look to the future）。文化是實境學習理論的重要一部分，因此「麻辣公主」（Ella Enchanted）適合作為本教案的教材。

由於時間有限，無法教完整部影片的內容，因此只選幾個段落教學及配音。影片段落的選擇決定於劇情的重要性、對話的實用性、及配音的難易度。除了對白講義，重要單字與例句也整理成講義印給參與學生，並要求學生自行購買合法的影片 DVD 在家看完整部影片並練習配音。

第四節　試驗性研究（Pilot Study）

為求設計的完整性，並提早發覺可能潛在的問題，本教案實施之前先進行試驗性研究。研究的對象是該夜間部 38 名國貿系夜二

技二年級的學生,為期 12 週,每週上課 2 節課(80 分鐘)。為了瞭解這 38 位參與學生的起始英文口語能力,乃先以全民英檢初級(GEPT)模擬試題測驗他們的聽說能力。結果顯示他們的聽力平均分數為 55.5%,口語能力平均分數為 48%,也就是說普遍沒有通過初級測驗。根據語言訓練測驗中心(Language Training and Testing Center, LTTC),也就是全民英檢的策劃單位,初級全民英檢的語言能力指標如下:

> 聽:能聽懂與日常生活相關的淺易談話,包括價格、時間及地點等。
>
> 說:能朗讀簡易文章、簡單地自我介紹,對熟悉的話題能以簡易英語對答,如問候、購物、問路等。
>
> (http://www.lttc.ntu.edu.tw/E_LTTC/gept_eng_e.htm)

以上描述的語言能力多半與日常生活溝通有關,然而學生的平均分數並沒通過,意味者他們的能力是在此標準以下,也因此把他們歸類於初階英語學習者(lower-level EFL learners)。

到後來本教案正式實施時,並沒有再舉行全民英檢初級測驗,主要原因是時間有限,做 GEPT 聽說測驗需費時二週,而本研究只有 16 週的時間;另外則是試驗性研究的參與學生和本教案的參與學生背景相似:他們都是高職及二專畢業後經過同樣的入學考試而進入該夜間部。雖然他們的專業科目不同(國貿 vs.餐旅),英文程度也可能因此相異,然而就筆者在該校 15 年的教學經驗判斷,該校夜間部二技學生的英文程度差距並不大。還有一個原因是本研究

為質性研究，學生在語言能力上的改變並非研究重點。基於以上因素，在本教案正式實施時並未檢測學生起始聽說能力。

一、試驗性研究的四個議題（Four Issues in the Pilot Study）

本教案的試驗性研究重點在探討四個議題，這些議題在設計初期皆未能確定，因此乃藉著試驗性研究尋找答案：（1）配音活動的分組方式；（2）參與學生對「麻辣公主」（Ella Enchanted）的童話背景的接受度；（3）課堂上電影片段的教學及重複觀賞的順序及字幕呈現方式；以及（4）英文字幕在電影配音過程中的提供與否。以下分段介紹這四個議題。

（一）配音活動的分組方式

在本教學設計中，電影配音的分組人數因為錄音設備的限制而限定為三人。首先，此電影配音活動並未要求學生把配音的聲音檔與影片結合成影音檔，因為後製過程繁瑣費時，且非本研究重點，因此只要將學生的配音錄製成聲音檔即可。基於語言教室設備的限制，同組的學生必須共用一個麥克風才能把配音錄在同一檔案，而超過 4 人以上則可能麥克風接收不到所有組員的聲音，所以只得將每組的人數限定於 3 人。

在試驗性研究中，筆者考量關係熟稔的學生一起合作可能比較有效率且愉快，因此讓參與學生自由選擇組員。雖然這種分組方式

有可能造成某些同學找不到組員，但筆者可適時介入調整。為了測試其可行性，乃在試驗性研究實施自由分組。

（二）學生對影片童話背景的接受度

由於課堂沒時間讓學生看完整部影片，本教案要求學生購買 DVD 在家看，以確定他們熟悉整部童話影片的劇情及對白。在課堂上，則從影片中抽出 12 個片段做為教學內容，並佐以對白文字稿及單字例句。再從 12 個片段中抽選 2 段讓學生做配音活動。藉著訪談 12 位參與學生及問卷調查了解學生對以童話電影學習英文有何感想。

（三）影片教學的方式與步驟

影片的教學牽涉到中、英字幕的播放與否及順序以及何時切入單字及對白講解。在試驗性研究中，筆者嘗試 4 套程序，每個程序各包含 5 個步驟如表 3：

表 3 試驗性研究中的 4 套影片教學程序

	步驟 1 單字教學	步驟 2 影片欣賞	步驟 3 影片欣賞	步驟 4 字幕講解	步驟 5 影片欣賞
程序 1	單字教學	無字幕	英文字幕	字幕講解	英文字幕
程序 2	單字教學	英文字幕	英文字幕	字幕講解	無字幕
程序 3	單字教學	中文字幕	英文字幕	字幕講解	英文字幕
程序 4	單字教學	中文字幕	英文字幕	字幕講解	無字幕

註：在步驟 4 和 5 中間皆插入對白帶念（choral reading of script）

　　每個程序的第一、三、及第四個步驟都一樣，也就是單字教學、以英文字幕觀賞第二次影片、及字幕講解，而其它步驟則有不同操弄。第一步驟的單字教學由老師講解單字及例句。在第二步驟中字幕以不同的方式呈現：在程序 1 中字幕被關掉，目的是讓學生藉著影片內容儘量以聽力理解對話，雖然很難，但這是最接近現實生活的聽英文方式，也就是可以看到對話情境的人事物，但沒有文字輔助。對初階英語學習者而言，若沒有足夠的非語言提示（paralinguistic hint），很難聽得懂對話的內容。在程序 2 英文字幕出現，如前一章所述，Rubin（1995）認為字幕可能成為聽力的干擾，使學生不注意影片內容。然而，從另一個角度看，字幕可以彌補非語言提示的不足而幫助學生了解劇情，這點對初階學習者尤其重要。在程序 3 和 4 中此步驟是以中文字幕呈現，此舉看來似乎與英語學習背道而馳，然而它卻是最直接讓學生了解劇情的方法，以免學生因為聽不懂而失去興趣。

　　在步驟 3，也就是第二次欣賞影片，4 個程序一律採用英文字幕，此舉目的在於讓學生在看過一次對影片內容有初步印象後，注意到對白的文字呈現，以釐清或加深他們的理解。第四個步驟是由老師講解字幕及劇情，除了解釋文字以外，也注重文化精神的說明。這個步驟看起來和文法翻譯（grammar-translation）教學方法無異，然而有影片的輔助及配音的活動，可以幫助學生提高興趣。講解以後老師帶著學生逐句朗讀對白，一則幫助學生在接下來第三次觀賞影片時能聽懂更多，一則為配音活動做準備。最後一個步驟是第三次觀賞影片，如果經過前面的學習，學生對該影片的對白用語仍舊不熟，此步驟宜播放英文字幕，給予文字輔助；不然，則不

要任何字幕，讓學生獨立。因此，這個步驟可依影片的用語難度來決定字幕的使用。

這四種程序隨機使用在 12 個電影片段的教學，然後在訪談中詢問學生的感想，諸如在第一次觀賞影片時若沒字幕他們大約能聽懂多少，字幕是否會造成干擾，以及學生是否需要看中文字幕等等，最後在教學結束後以問卷詢問他們覺得哪一種程序學習效果最好。

（四）英文字幕在配音活動中的必要性

最後一個議題是配音時是否該提供英文字幕。為了找到答案，在試驗性研究中安排了二次配音活動，一次有英文字幕作為提示與輔助，學生不必背台詞；一次沒有，也就是說學生必須要把他們的台詞、語氣、音調、及發音時間全部熟記在心。在某方面，不用字幕來配音似乎能確保學生把台詞背起來，但另一方面那可能造成較大的學習負擔，因而降低學習動機，二者各有優缺，因此各做一次以為比較，之後藉著觀察學生表現以及在訪談中詢問學生的感受做最後決定。學生的配音表現由筆者及另一位老師評分，評分的標準包括語音準確度（phonetic accuracy）、音調（intonation）、節奏（rhythm）、時間吻合度（timing）、及情感（paralinguistic voice features）（Burston, 2005）。

總括而言，在試驗性研究中的資料蒐集工具有（1）教學前問卷調查，以了解學生的學習態度及興趣；（2）定期訪談 12 位自願的學生，以了解他們在整個教案過程中的感受；（3）在教案進行一

半時實施問卷調查,以了解是否有地方需做調整;(4)教學結束後進行問卷調查,以了解學生在學習態度及興趣上的轉變;(5)二次配音的分數,比較有無字幕的差異。

二、試驗性研究的結果(Finding)

經過試驗性研究,對四個議題提供了比較明朗的方向,有助於本教案的設計,以下簡述之:

(一)配音活動的分組方式

根據 12 位受訪者表示,他們喜歡自由分組的方式。他們已經是二年級,在過去已經有和自己較熟的同學一起合作學習的經驗,因此分組上沒有問題,而且如此較能互相幫助,合作起來效率也很高。在配音活動中,他們的角色分配是經由組員協商;英文程度較好的擔任比較難的角色,而程度較弱者則給予較簡單的角色。在分組上,他們展現出高效率的小組行動以及和諧的組員關係。

(二)學生對影片的童話背景的接受度

關於影片的童話背景,根據期中問卷調查,有 94% 的學生表示這部影片很有趣,有 97% 的學生表示這部影片能幫助他們上課更專心,顯示對這部童話電影的高接受度。只有 4 位學生表示童話故事

不夠生活化，有 3 位同學質疑影片中的對話在現實生活中是否用得到，另外還有一位同學希望選擇和他的專業（國貿）有關的影片。在訪談中，受訪者皆能接受該影片的童話背景，有一位男生表示大家從小都有看童話，因此他不會因為自己是男生而排斥童話。總括而言，這部影片的童話背景對大部分的學生而言並沒造成學習上的困擾。

（三）影片教學的方式與步驟

影片教學的方式與步驟是唯一在此試驗性研究中沒有得到壓倒性決定的議題，學生對四個教學程序的接受度相差不多，沒有一個過半數。最多同學選擇的是程序 1，但也只有 38%。另外有一位程度較弱的受訪者覺得步驟 2 和 3（第一、二次觀賞影片）是浪費時間，因為沒有經過老師的講解，她根本就聽不懂，而程度較好者則認為可以藉此機會訓練聽力。

（四）英文字幕在配音活動中的必要性

經過二次配音後，發現學生仍需要英文字幕的輔助。學生的二次配音分數如表 4：

表 4　試驗性研究學生二次配音活動之各項平均分數（N = 38）

配音活動 Dubbing task	發音準確度 Phonetic accuracy	節奏 Rhythm	語調 Intonation	對嘴 Timing	聲音情感 Paralinguistic Voice features
1（有字幕）	30.2	30.7	30.8	29.8	30.8
2（無字幕）	30.0	29.7	29.5	27.0	26.6

註：分數為 1 到 50 分。1-10 = 極差（very heavy non-native pronunciation）；11-20 = 差（poor）；21-30 = 中等（reasonable）；31-40 = 佳（close to native）；41-50 = 極佳（native-like pronunciation）

　　從表 4 可以看出學生在第二次配音（無字幕）中各項標準都遜於第一次配音（有字幕），尤其是聲音情感，可見學生在有字幕的情況下表現較好。12 位受訪者異口同聲表示在無字幕的情況下配音負擔極重，無法面面俱到。他們的意見可歸納為三方面的困難：第一是沒有字幕的出現，他們無法得知每一句話開始的時間點，因為有時演員的位置背對鏡頭，無法對嘴，這點解釋了表 4 中第二次配音的時間吻合度（timing）不佳（27.0 分）。第二個困難是學生會專注於思索下一句台詞，而無法分心到注意語調（intonation）以及感情（paralinguistic voice feature）等方面，所以聲音感情方面比第一次配音差很多（26.6 分）。第三個問題最嚴重：學生會花許多時間看對白文字稿來背台詞，而沒時間好好看影片觀察演員的動作表情及音調，失去影片教學的意義。因此，還是有必要提供英文字幕作為配音活動的輔助。

　　總而言之，此試驗性研究提供以下結論：（1）分組方式由學生自由選擇組員；（2）繼續使用「麻辣公主」（Ella Enchanted）作為本教案的教材；（3）雖然沒有任一教學程序受到過半數學生的偏好，仍將

採用最多人選擇的程序 1；以及（4）配音活動將提供英文字幕為輔佐。
這些結論對本教案的教學設計幫助很大，以下介紹統整後詳細的教學
設計。

第五節　教學設計（Instructional Design）

　　本教案的實施為期 12 週，一週上課 80 分鐘，和試驗性研究一
樣。其中包含四次配音活動，前三次由老師，也就是筆者，指定配
音的影片段落，每段為時約二到三分鐘。這三段被選擇的原因有
二：一是對白用語實用，可應用在日常生活；二是其中的語言特色
不同，形成不同的配音難度。三個影片段落的單字教學是由筆者挑
出有助於了解劇情的重要單字，加上音標及例句，印成紙本講義。
第四次配音讓學生自由選擇想配的片段，以觀察學生傾向選擇何種
性質的片段。

一、影片觀賞與教學（Film Viewing）

　　根據試驗性研究的結果，學生偏好的教學步驟為（1）單字講
解；（2）觀賞無字幕影片；（3）觀賞英文字幕影片；（4）字幕對白
講解；（5）跟著老師逐句朗讀對白；（6）觀賞英文字幕影片。由於
這個教學程序並非大部分學生所偏好，因此在本教案教學過程將視
情況作調整，這點也符合設計型研究（designed-based research,

DBR）的精神，也就是隨時反應教室的突發狀況（Brown ＆ Campione, 1996）。因此，如果本教案的學生有不適應或其他偏好的現象，這個教學程序將做調整。

　　在語言教室中，影片是從學生桌上的電腦螢幕播出，其實教室前面也有大螢幕可播放，但學生的電腦螢幕是直立式的，擋住大螢幕的下面部份。此外，若從大螢幕播放，則前方的燈必須關掉，導致前排同學不易做筆記，因此統一由學生桌上的電腦螢幕放映。

　　影片的聲音則視情況從二個管道播放：牆上的擴音器及學生座位上的耳機。前者可營造比較好的音響效果，而後者可讓學生聽清楚演員的聲音。也可同時由二個管道播出，學生可自行選擇要用哪一個管道。

　　影片對白的講解也有二種方式：一是要學生看紙本文字稿，一是將螢幕暫停讓學生看字幕，二種方式各有不同的優點。若學生看紙本文字稿，可以在上面做筆記，而且筆者可以離開老師座位四處走動，作課室觀察；用影片停滯畫面講解的優點則是可借助螢幕上的人或物闡釋句子的意義，對學生理解有很大的裨益。這二種方式都有在本教案使用。

二、電影配音活動（Film Dubbing）

　　在影片觀賞及教學後，都會先實施聽力測驗，以確認學生理解劇情對話的內容，才進行配音活動。聽力測驗的方式是由筆者以英文說出一句英文對白三次，速度比影片稍慢，學生將之翻譯成中

文。在三次的指定配音段落聽力測驗中，學生的平均分數各為 73.1 分，82.9 分，以及 87.0 分。學生自選的配音片段由於各自不同，並沒有實施聽力測驗。聽力測驗並非本研究的重點，因此不再多做討論。

由於夜間部學生白天要上班，無暇在課後準備配音活動，因此在課堂上撥出相當多時間讓學生分組練習配音。學生必須模仿演員的說話速度、聲調、節奏、聲音感情等等。由於學生的電腦不能播放 DVD，只能從教師電腦控制，這點造成練習上很大的不便，學生不能針對自己的需要暫停影片或重複某一小段。筆者將影片從教師電腦設定為 A-B 段重複播放，讓該片段不斷重複播放，才能離開座位，四處走動指導學生。在分組練習時，影片的聲音只由學生耳機播出，以免干擾學生討論。正式的配音則儘量安排在分組練習的下一週，好讓有心及有時間的學生可以在課後多練習。

在正式的配音中，影片聲音被關掉，畫面從學生電腦螢幕播放，三個組員共用一個麥克風，學生必須靠近才不須一直移動麥克風，因此通常三個組員一起看一個或二個螢幕，對著麥克風說出自己的台詞。全班學生可以同時錄音，由老師電腦的中央錄音系統錄下學生的聲音，再由老師收取檔案課後評分，評分標準與試驗性研究相同，亦即語音準確度（phonetic accuracy）、音調（intonation）、節奏（rhythm）、時間吻合度（timing）、及情感（paralinguistic voice features）（Burston, 2005）。

三段老師指定的配音影片段落各有不同的特色，也對學生在配音時給予不同的挑戰，表 5 比較三個片段在說話速度（speech rate）、視覺提示（visual support）、內容複雜度（information density）、

句子長度（sentence length）、及聲音情感（paralinguistic voice feature）上的不同。

表 5　三段教師指定配音影片段落性質比較

性質	影片段落 1	影片段落 2	影片段落 3
1. Speech rate	intermediate	fast	intermediate
2. Visual support	intermediate	intermediate	fast
3. Information density	intermediate	high	low
4. Sentence length	intermediate	long	short
5. Paralinguistic voice feature	authoritative, impatient, comforting	contemptuous, pleading, soft	authoritative agitated mischievous

　　這五項性質中，說話速度（speech rate）直接影響配音的流暢度及時間掌握；視覺提示（visual support）可提醒學生接下來的動作與對白，對時間掌握也有影響。內容複雜度（information density）和句子長度（sentence length）牽涉到台詞的多寡及密度，能決定配音的工作量。聲音情感（paralinguistic voice feature）則牽涉到在配音中需要表達的情緒。

　　比較上，第一個片段的配音難度屬於中等（intermediate），它包含一個完整的事件，娛樂性十足的聲光效果，以及有趣的劇情。配音時要加入的聲音情緒包括壞仙女命令式及不耐煩的口氣以及媽媽安慰小嬰孩的溫柔口吻。第二個段落是最難的，它包括四個相關的事件，有的只持續幾秒而已，當中有成人和兒童不同年齡的演員，內容複雜度高，說話速度及話輪進行（turn-taking）速度很快。聲音情感包括兩個不友善的女孩挑釁的口氣，以及媽媽臨終時有氣無力、既憂傷又慈愛的說話聲音。第三個段落配音起來最簡單也最

有趣，這個片段的句子多半很簡短，動作多而誇張。雖然說話速度一樣很快，但句子短，且中間穿插許多動作，比較容易跟得上。其中的聲音情感也很強烈，包括壞姐姐不懷好意及惡作劇的語氣，以及女主角反抗及懇求的聲調。

　　第四次配音是讓學生自行挑選該影片的段落，為了幫助學生挑選，筆者推薦五個難易適中的段落，然而，因為時間的緣故，只在課堂上講解其中一段。學生不一定得從這五段挑選，也可選擇其他段落。由於學生可能選不同的段落，又沒時間在課堂上全部講解，於是由筆者把講解錄製成聲音檔寄給學生自行在家聽。

第六節　資料蒐集（Data Collection）

　　在本教案中，量化及質性的資料都有蒐集，蒐集的工具如下：

一、教學前問卷調查（Before-instruction survey）

　　教學前問卷調查（參見附錄 1）是在第一堂課進行，目的在於了解參與學生的學習態度與偏好，所問的問題包含英文的重要性、學習英文的興趣、學習英文的用功程度、對分組活動的接受度、對戲劇表演的接受度、對口語溝通典範（modeling）的需要、喜歡的電影類型、在課堂上說英文的意願、以及和外國人說英文的信心等

等。這些資料蒐集後立即進行分析，以了解接下來進行本教案的可行度以及是否有需要調整及注意的事項。

二、課室觀察（Participant observation）

身為研究者兼教學者，筆者得以全程觀察教室內進行的活動。觀察的重點為重大事件、非預期的學生行為、學生態度及行為模式與特徵（Gall, Borg, & Gall, 1996），觀察的結果則記錄為教學日誌。

三、訪談（Interview）

在本教案進行中，原本計畫招募 12 位自願受訪者，就像試驗性研究一樣，然而，本教案參與學生卻沒有一個人願意受訪，可能是因為受訪者必須提早 40 分鐘到校，而他們大多數白天都要上班。只有在最後一節課，利用課堂上時間訪問了七位學生（訪談的問題內容請參見附錄 2）。

四、學習日誌（Learning journal）

在三次老師指定的配音活動結束後，參與學生都必須寫學習日誌，以調查他們在配音過程的知覺反應。為了確保學習日誌的質與

量，筆者設計選擇題與問答題讓學生回答。選擇題詢問有關學生覺
得該電影片段對白的難易度以及學生自評學習成果。問答題詢問學
生對該電影片段劇情與人物的知覺反應、對自己的配音角色及組員
互動的感想，最後一題要求學生寫出對當次配音活動的整體心得。
（參見附錄 3）。三次配音活動所問的問題基本上是一樣的，但若
筆者在課堂上有觀察到非預期的特殊現象，則會在學習日誌上增添
問題以調查原因。

除了學生個人要寫學習日誌，每一組也必須寫分組練習記錄，
記錄如何分配角色、練習過程、與練習時間長度等等，愈詳細愈好。
學生被告知他們在學習日誌中寫的內容不會影響他們的分數，因此
可知無不言，言無不盡。

第四次配音結束後，已將近學期末，因此沒有要求學生寫學習
日誌，只要求他們說明如何選擇第四次配音的影片段落。

五、整學期心得報告（Reflection report）

到學期末，學生寫 200 字以上的整學期心得報告，說明對整個
教案從頭到尾的感受，此報告為自由寫作，並沒任何預設問答題，
學生可以就任何方面表達他們的感想與反應。此心得報告與上述學
習日誌都是讓學生帶回家寫，並且以中文書寫。

六、教學後問卷調查（After-instruction survey）

　　在整個教學結束後，筆者進行教學後問卷調查，其中的問題分為四部分：第一部分事有關「麻辣公主」（Ella Enchanted）所反映美國文化價值觀的一個小測驗，測驗內容都在課堂上明白講解過，以了解學生是否能從影片中體會這些價值觀；第二部份調查在「麻辣公主」（Ella Enchanted）中有哪些因素使得學生喜歡這部影片，做為未來選片的參考；第三部分由學生自評在英文聽說能力及信心上是否有增進；最後一部分詢問學生對於以電影欣賞及配音來學習英文口說能力的感受（參見附錄 4）。

七、電影配音錄音檔案
（Audio Recording of Film Dubbing Tasks）

　　電影配音的錄音檔是用來評估不同的影片的影音特色（video characteristics）與語言特色（language characteristics）如何影響學生的配音表現。

第七節　資料分析（Data Analysis）

本研究基本上為質性研究（Erickson, 1991），量化的資料僅佔一小部分。敘述性的資料如學習日誌及心得報告的分析著重於找出重大事件、學生表現的特徵與模式、以及可以解釋這些事件與特徵的證據（Gall, Borg, & Gall, 1996）。量化的資料如問卷則是以次數（frequency）及平均數（mean）來分析。以下進一步說明資料分析：

一、課室觀察（Participant observation）

筆者以教學者身分觀察並寫成的教學日誌，之後經過詳細閱讀以找出在本教案過程中所發生的關鍵性事件（critical incidents）。關鍵性事件在此的定義是在教學現場，也就是語言教室，所觀察到足以代表每次配音活動特徵的重要事件。每個事件先從筆者以研究者兼教學者的角度來解讀，然後再從所蒐集到的學生資料予以佐證，若兩方有不一致之處，則再進一步比較及參考更多學生資料以求正確、合理的解釋。

事實上，在教學的過程中筆者對觀察到的現象立即做分析判斷，找出可能的相關因素及原因。例如，一旦觀察到不尋常的特殊事件，筆者會先從教學面如老師、教室、或教材等方面尋找原因，並在學習日誌求證並尋找其他可能因素。找到的原因之後，會視情況調整教案的設計與進行（Yin, 2003）。

另一方面，課室觀察也著重在檢視學生在教室情境的投入程度與態度，並參考學生資料以了解學生是否有 Norman（1993）所說的直接體驗與投入學習環境與任務，以及 Simonson and Maushak（1996）所說的有意義的情感投入（purposeful emotional involvement）而帶來學習態度的改變。

二、教學前及教學後問卷調查
（Before-instruction and After-instruction Surveys）

教學前及教學後問卷調查所得的是量化資料，分析是根據資料所牽涉的研究面向以描述性統計（descriptive statistics）的平均數（mean）、次數（frequency）、或百分比（percentage）等呈現。

三、學習日誌與訪談（Learning and interview）

學習日誌與訪談的內容主要是問答形式的敘述性資料，因此二者的分析方式相似，不同的是訪談資料須先經過錄音及轉寫（transcription）的過程。筆者將同一問題的回答集中彙整，仔細檢視與歸類，同一類的回答賦予一個描述性標題，如此分成數類，最後以各類的標題及次數做成表格，呈現分析結果（Gall, Borg, & Gall, 1996）。

整學期心得報告並非問答形式，而是自由寫作，因此會在詳細
檢視後找出相關議題，同樣議題之下的內容切割後歸類在一起，然
後在用上述分析學習日誌與訪談的方式來進行彙整、歸類、標上標
題、最後做成表格。有關敘述性資料的分析計畫（coding scheme）
請參見附錄 6。

學生的敘述性資料的分析特別著重在探究學生在以電影配音
為基礎的英語口語教學中的改變，所有資料的確認、紀錄、以及比
較，都是為了找出學生是否如 Bransford 等人（1990）所言，
"experience[d] the changes in their perception and understanding of the
anchor as they view [ed] the situation from new points of view（p. 123）。

在敘述性資料的分析中，筆者在二個月中將同樣的資料分析三
次，以求 intra-rater 信度，在此過程當中，所有的分類標題都經過
一再的修正及增減，以求忠實反映資料內容。另外，有五分之一的
資料由第二位分析者再分析一次，以求 inter-rater 信度（90%）。第
二位分析者是 TESOL 博士班的學生，同時也是兩所科技大學的兼
任英文老師。

四、電影配音錄音檔案（Audio Recording of Film Dubbing）

基本上，學生電影配音的評分是以學生模仿演員的逼真度為基
礎，因為演員提供了某種形式的專業示範。評分的標準根據 Burston
（2005）所提出配音訓練的目標分成五項：發音正確度（phonetic
accuracy）、節奏（rhythm）、語調（intonation）、時間吻合度（對嘴）

（timing）、以及聲音情感（paralinguistic voice features）。其中 Burston 還包括一個重音位置（stress placement）的目標並沒有列入本教案評分標準，原因是它可併入節奏或聲音情感的項目一起評量，而且六個評分標準太多，會造成評分困難。

學生的配音表現被視為觀摩及模仿專業程序（expert process）的成果（Collins, Brown, & Newman, 1989, p. 457）。如果學生的發音正確且語調與演員相仿，則代表學生有觀察及注意到演員口語表現，也就是「標的技術」（target task）的細節；如果學生的聲音情感符合劇情及對白內容，代表學生有注意到該對話的社會情境，也就是認知學徒學習法中的標的技術之社會情境的觀察（the social context of target task or process）。

評分人員總共有三位：一位是筆者；一位是加拿大籍的英語母語人士，在台灣教英文八年；還有一位是台灣某技術學院的資深英文講師，有十年的教學經驗。三位老師在評分以前先一起討論評分標準，以達成共識。總分為 50 分，參照 Koren（1995）的量尺畫分為：10 分代表與母語人士發音相差甚多（very heavy non-native pronunciation）；20 代表不佳（poor）；30 分代表尚可（reasonable）；40 代表接近母語人士發音（close to native）；50 代表與母語人士發音相同（native-like pronunciation）。經皮爾森雙尾相關係數測驗（two-tailed Pearson product moment correlation coefficient test）評分者之間的信度平均為 0.89，顯示三位評分員的一致性高。

第八節　執行時間表
（Timeline of the Teaching Project）

表 6　本教案執行時間表

Week	Classroom Activity	Data Collection
1.	orientation/group forming/volunteers recruit/film viewing	before-instruction survey
2.	film clip 1 viewing and instruction	
3.	phonetic symbol instruction / group practice	
4.	audio recording of dubbing1	
5.	film clip 2 viewing and instruction	learning journal 1
6.	group practice	
7.	audio recording of dubbing 2	
8.	film clip 3 viewing and instruction	learning journal 2
9.	group practice for dubbing 3	
10.	audio recording of dubbing 3	
11.	group practice for dubbing 4	learning journal 3
12.	audio recording of dubbing 4	after-instruction survey, reflection journal & interview

第四章　學生的故事

　　本章為本教案研究成果的呈現，首先根據筆者以教學者及研究者角度描述在教室內觀察到的重大事件或現象，然後根據從學生所蒐集到的資料介紹學生對此教案的整體知覺反應。

第一節　教室觀察結果（Critical Events）

表 7　教室觀察之重大事件

時間點	重大事件簡述
第一次上課	1.學生出席率低
第一次配音	2.學生不敢開口練習
第二次配音	3.講解對白前學生不專心觀賞影片
	4.影片中說話速度為配音主要困難
第三次配音	5.先講解對白使學生較專心觀賞影片
	6.刺激的情節與簡短的對白使學生對配音興趣大增
第四次配音	7.學生在自選影片片段配音中表現不佳

　　表 7 的事件是一時間順序排列，以下每一事件先以教學者，也就是筆者的觀察角度敘述及解釋，再藉由所蒐集的資料從學生的角度來分析。

一、第一次上課：學生出席率低及缺乏反應

當我在 6 點 45 分，也就是上課鐘響 15 分鐘以後走進語言教室，教室內很安靜，幾乎沒有人，只有少數學生零零散散坐在位子上，學生桌上直立的電腦螢幕使我無法看清他們的臉，這一班的遲到現象似乎特別嚴重，因為人數太少，無法上課，我只好再等十分鐘。十分鐘後，也只有三分之一的學生到。我想不能再等了，就開始上課，我先介紹課程規劃，說明電影配音的方式，然後介紹「麻辣公主」(Ella Enchanted) 這部影片，要他們購買這部影片的 DVD，並且在家看完；最後，我提到有關遲到及缺席的規定，我規定上課表現（包括出缺席）佔學期總成績百分之十，全勤者另外加 3 分；我解釋這是我多年來在我們學校教書的規定。另外，由於第一節課因為同學遲到而無法準時上課，因此中間原本下課五分鐘取消。

我講完之後，大約有三分之二的學生到課，但都很安靜，而且面無表情，看不出他們的反應。這時還剩下大約 20 分鐘，於是我播放「麻辣公主」(Ella Enchanted) 的開頭部分。為了幫助他們瞭解劇情以引起興趣，我播放中文字幕。當影片播放同時，我觀察學生的反應，發現他們臉上開始有表情，隨著劇情有時驚嘆，有時咯咯笑，可以看出來這

部影片能吸引他們的注意力，這點使我鬆了一口氣，總算有一點好的開始。

由以上的敘述可約略看出本教案第一次上課的景象，其中可發現幾個對本教案實施不利的因素：首先，遲到情形比該校夜間部一般班級還要嚴重，筆者之前所教的班級大約在上課 20 分鐘左右可大部分到課，這一班則遲到更久，缺席的也將近三分之一，似乎反映學習動機不高。另外，學生座位的隔間與豎立的電腦螢幕造成老師與學生之間的距離感：學生看不到前面完整的黑板，老師也看不到學生的表情，彼此互動困難。第一節課唯一的正面因素是影片，觀賞影片時教室的氣氛瞬間活絡熱鬧起來，是否能持續下去則有待觀察。

事後從學生所提供的資料發現，這些參與學生從來沒有接觸電影配音活動，而經過第一次上課，也就是他們第一次聽到電影配音活動的上課方式，他們的反應可分為四種：訝異、感興趣、擔心、與抱怨。

第一種是訝異，有位學生在事後的心得中表示如下：

這學期剛開學時，老師一上課便播放影片讓班上同學觀賞，當時感覺很新奇，老師居然不是發講義，然後沉悶地上起課。後來得知老師播放的影片是這學期的教材，上課內容為電影的片段，然後分組配音，覺得很反感，為什麼要做這麼蠢的行為……（Participant17reflectionq4）

　　從以上心得可看出這位學生帶著過去的學習經驗與預期來到這門課。對她而言，上課就是看著紙本講義一邊聽冗長、沉悶的演講，這門課應該也不例外，但第一堂課與她的預期大為不同，因此令她感到訝異，而且她也不了解電影配音有何意義。

　　另外有位女同學則是帶著好奇心刻意來修這門課。她不是這一班學生，而是來自觀光系，她因為時間因素無法和自己同班同學修這門課（英語聽講訓練），因此改到這班隨班附讀，她解釋她選這門課的原因如下：

> 我並非隨便就決定要修這堂，而是經過多個老師的課程比較，我發覺李老師安排的課程內容非常地吸引我，於是我便來到這一班……（Participant14 reflectionq4）

　　一般而言，大部分學生很少會在必修科目第一節課之前上網去看教學綱要，這位同學剛好有需要，也有這個自由去選擇適合她的時段，結果她不但注重時段，也注重教學內容，對本教案的電影教學產生興趣，因此主動選擇參加這一班的課。

　　有些同學對此不同以往的上課方式則心生憂慮，就像某位女同學的說法如下：

> 本來就對英文興趣缺缺的我，一想到英文頭就很痛，更何況是我從來沒有試過的配音，一直以為英聽的上課方式會是聽力訓練而已，所以一開始真的很怕，加上老師選擇的影片，有時候有些句子真的念得很快……（Participant35reflectionq4）

　　這位同學的擔憂來自二方面：對英文的排斥以及對配音活動的陌生。這一班的學生並非主修英文，因此可以預期並非每個人都對英文有興趣，這位女同學則對英文完全沒興趣，不是心甘情願來修這門必修課；根據筆者的教學經驗，興趣低的同學通常程度也較低，因此可以瞭解這位同學對說英文沒信心，對像配音這種完全沒嘗試過的英文口語活動自然也會產生憂慮。

　　參與學生的第四種反應是抱怨，例如，有一位男同學表達：「剛接觸這門課時還滿排斥的……因為上班上課的關係，這堂課讓我感到壓力，所以並不喜歡……」（Participant 38 reflectionq4）。學生的抱怨還有另一個原因，就是出缺席的規定，有位女同學之後回憶如下：

　　　　還記得第一天上課時老師的種種條規，讓全班震驚，所以「英聽」的出席率總是特別好，當然本班學生抱怨也不少，但是大家卻都很努力地克服每一次關卡。（Participant 02reflection q4）

　　如前所述，該校夜間部學生白天大多有工作，因此可能會認為老師應該要配合他們，減少學業負擔，甚至對遲到或缺課也認為理所當然，因此，對老師多加的要求如電影配音及出席要求，則有可能視為無謂的負擔。

　　綜合上述，電影配音活動並非一開始就被所有參與學生接受，除了大家一致認為新鮮以外，對此新的英文口語訓練活動還混雜著訝異、感興趣、擔憂、以及抱怨的感覺；但是無論他們的感受如何，

他們有一個共同原因必須到課：百分之十的上課表現分數。後來的
發展證明他們的合作是有價值的。

二、第一次配音：學生不敢開口練習

　　第一次配音的教學順序是按照試驗性研究的結果：單字
教學、第一次片觀賞（無字幕）、第二次影片觀賞（英文字
幕）、字幕解釋（包括帶念）、然後第三次影片觀賞（英文字
幕）。在這些都做完後，我要學生分組練習，準備第一次配
音，並告知他們評分標準及項目。學生練習方式是從桌上螢
幕重覆觀看有英文字幕的影片片段，盡量模仿演員的語調、
說話速度、聲音情感等。同時，我在教室四處走動，一邊觀
察學生，一邊提供協助，有些學生來問問題，大部分是有關
於單字的發音和中文意思。然而，經過了一段時間，我都沒
有聽到學生跟著影片的速度練習台詞，只看見他們低著頭看
講義，偶爾交頭接耳不知道在討論什麼，當我靠近某一組的
時候，他們就會停下來，以一種羞怯的表情看著我。我想這
樣下去不行，得要想辦法讓他們開口，於是我要全班一起練
習，首先，我把影片的聲音從擴音器放出來，希望影片中的
演員的聲音、音樂、和音效能帶動氣氛，鼓勵學生開口，而
且如此他們練習的聲音不會被旁人聽到，而是被影片的聲音
蓋住，比較不會有壓力，但缺點是我聽不到他們的聲音。這
樣練習數次之後，我改成讓影片的聲音從學生的耳機播出，

並告訴他們若覺得有需要可以戴上耳機練習，如此讓教室安靜，我才能聽見他們練習的聲音。沒想到，當影片開始播放時，教室一片靜悄悄，只聽見幾個學生嘴裡喃喃有詞，我鼓勵他們大聲一點，但他們盯著螢幕，不為所動。這個景象讓我想起他們在教學前問卷調查中反應不喜歡、也沒信心開口說英文的情形，似乎說英文本身對它們而言就是一大挑戰，更別說要加上語調和感情。

　　身為老師，我必須幫助他們克服這個困難，於是我讓他們停下來，再次帶著他們看著講義一句一句跟著我念，包括別人的台詞，而且我照著影片中的說話速度、音調、和感情示範給他們聽，然後要他們跟著我做，遇到困難的句子，就分成二、三小段念。學生們似乎比較習慣大家一起跟著老師念，因此聲音大聲多了，而且很努力模仿我的語調和速度。看到他們音量和語調都有進步後，我要學生再跟著我念，但這次只念自己的台詞，也就是說全班 14 組，一次只有 14 個配同樣角色的人跟著我念。如此一來，全體的音量降低，這 14 個學生會聽到自己的聲音，旁邊同學也會聽到他們的聲音，形成一點小壓力，但因為各小組距離不遠，因此這 14 位學生也互相聽到彼此一起念的聲音，而感到有伴、不孤單，藉此方式培養他們開口說英文的勇氣與信心，習慣在同學面前「演」說英文，加上情感語調。

　　接下來，我再次把影片的聲音關掉，這次他們進步許多，聲音有出來，也可以聽得出語調感情等特質，速度也大

體上跟得上，我宣布下週正式錄音，要他們回家儘量找時間練習，終於結束這二堂課。

以上敘述本教案參與學生第一次嘗試電影配音的反應。一開始，他們還不能進入情況，不敢開口練習，以至於筆者必須介入，給予更多訓練（coaching），經過各種方式的帶念（guided choral reading）以後，他們終於能開口替影片中的人物配音。從這次經驗可以看出，單是電影本身的示範（modeling）對這些學生還不夠，還需要加上老師的指導與訓練（coaching）。也就是說，在學生觀摩有情境的對話以後，必須要有老師與學生互動，帶領學生練習（practice）。

在第一次配音活動之後，我很好奇學生剛開始不敢開口的原因，我的假設是與他們缺乏說英文的信心有關，於是我在接下來第二次的學習日誌中便詢問他們在第一物配音時是否感到緊張、過多久克服、以及配音活動是否對他們而言壓力太大。他們的回應可分成三種：第一種是完全不緊張；在收到的 27 位學生的反應中，有16 位表示在第一次配音活動中完全不緊張，他們的理由是空間環境，如同一位學生所表示：「因為各組是在座位上錄音，所以沒什麼緊張怯場的感覺」（Participant04journal2q4）。如她所言，配音活動的練習以及正式錄音都是各組在座位上同時進行，加上又有隔間的屏障，可見這種活動環境提供安全感，有助於減低學生的壓力與焦慮。

第二種反應是短暫的緊張；有 11 位學生表示剛開始的時候會緊張，但在練習二到四次以後就能克服，克服的原因有二種，一是重複的練習，如以下二位學生在學習日誌中所述：

> 會（緊張），後來慢慢可以適應，大約錄了二、三遍之後。
> （Participant07 journal2q4）

> 會緊張，不太敢張口說，多錄幾次以後其實就沒問題了。
> （Participant 02journal2q4）

在練習錄音的時候，筆者建議學生自己先從座位上的錄音設備自己錄音，聽聽看自己的聲音和影片有何不同，然後自我矯正。因此，在他們熟悉電影配音的方式後，就逐漸習慣了。由此可見，初階英語學習者語文能力有限，自信心多半不足，在初次從事電影配音時，需要老師亦步亦趨地引導他們，幫助他們理解對白的意義，熟悉單字的發音，模仿演員的說話方式，使他們有機會觀摩有社會情境的英語對話，習慣以正常的音量開口說英文，至終消除說英文的恐懼。

另一個原因是友善、低焦慮的活動環境（non face-threatening task context）。有一位學生表示：「還可以，因為大家都一樣」（Participant19journal2q4）。另一位同學表示：「大家都一起站在座位上錄，因此不會有過大壓力」（Participant01journal2q4）。由此可見，本教案配音活動進行的方式給學生的感受是友善的，他們強調「都一樣」和「一起」，因為在配音練習及正式錄音時，由於教師

電腦有全體錄音的功能，全班各組可以在座位上同時進行，而不是一組一組到前面講台進行，因此不會有舞台恐懼現象（stage fright），也就沒有面子問題；此外，當 14 個組同時錄音，會有 14 個人同時說話，雖然各自坐在不同的位子、不同的隔間內，卻會形成一種凝聚力，一種陪伴的感覺，也不用擔心自己的聲音單獨出現而被全班聽到。這樣的環境提供給學生安全感，甚至在克服緊張後，開始體會配音的樂趣，就像一位學生敘述如下：

> 第一次錄音時，會比較不敢開口大聲說，但錄了 2～3 次後，大家就像在玩一樣，很放鬆的在錄。（Participant01reflectionq4）

可見電影配音乍看之下好像很難，接觸後就會發現它的趣味性。總而言之，在友善、安全的英語口語練習的環境中，電影配音活動對參與學生而言是能力可及的（manageable），甚至可以是有趣的（enjoyable）。

對於某些同學而言，他們的緊張就沒這麼快消除，有二位學生表示他們花了很常的時間及很多次練習之後才慢慢習慣在配音活動中開口英文，其中一位在心得報告寫道：

> ……發現說英文並不難，反而是要在別人面前說出口才真正難，第一次和同學練習對話時很害羞，直到反覆練習好幾次後才慢慢習慣。（Participant 02reflectionq4）

由以上敘述可見，縱然本教案的配音活動的執行方式已經試著降低焦慮——在座位上同時錄音，然而即使不在講台上面對觀眾，連面對組員都可能對學生造成壓力，足見說英文對某些學生而言無論在知識上或在心理上都是很大的挑戰。另外還有三位學生提到壓力的來源：擔心趕不上演員說話速度。其中一位學生進一步說明：「〔配音〕有很大的壓力，很怕自己的速度跟不上而連累其他同學」（Participant10journal2q4）。她擔心自己說得太慢而佔用過多時間，導致說下一句台詞的同學無法跟上影片的速度；也就是說，她擔心自己會影響整個團隊合作，她的焦慮來自她的責任感。有鑑於此，筆者認為應該幫她解決這個問題，因此就宣佈所有同學可直接按照影片的時間點配自己的部分，若前一位同學尚未說完，則不必等，逕自直接切入。

三、第二次配音：講解對白之前學生不專心觀賞影片

第二次配音的影片教學步驟和第一次配音一樣，當我在講解單字的時候，學生們安靜地聽，並且一邊做筆記。接著我放影片片段，為時約二分鐘，第一次觀看影片時學生還算專心，但有幾位在講話；第二次觀看時則發現更多學生開始聊天，原因不明。接下來我繼續講解對白和劇情，學生才又安靜下來做筆記。講完後我再放一次影片給學生看，心想他們可能又會開始聊天，但是他們卻很專心看。也就是說，他們在

講解對白和劇情之前似乎較沒耐心看影片，但之後則相當專注。

以上參與學生的表現與試驗性研究中二位受訪者的反應非常相似，這二位受訪者（一男一女）表示，在沒有字幕的情況下他們根本聽不懂影片中的對話，就算有英文字幕，他們也只能多聽懂一點點而已。其中女受訪者的英文程度較弱，她表示，她寧願在放影片的時候做別的事情，等老師開始講解時再回來專心聽；男受訪者則建議先講解對白和劇情，然後再看影片。當時他的意見並沒有得到其他十位受訪者的支持，他們寧願盡量嘗試去聽，參考影片中的內容試著去了解。現在本教案的參與學生似乎沒有那些受訪者的耐心和主動，於是那位男受訪者的建議現在看似有道理。第一次看影片學生還能專心可能是因為有影片的聲光吸引注意力，第二次看影片則已經沒有新鮮感，如果學生又聽不懂大部分的對白，就容易失去耐心，這其實是初階英語口語訓練的難處，因為電影不是教材，也不是針對初階學習者拍攝的。雖然希望學生多做觀察，然而，若學生沒耐心重複看影片，播放影片則變成浪費時間，必須想辦法解決。於是，筆者決定試著採用那位男受訪者的意見：下次先講解影片對白，學生的反應會在後面第三次配音部分討論。

四、第二次配音：影片中說話速度為配音主要困難

在第二次配音分組練習時，有學生表示影片說話速度很快，他們很難跟得上。的確，這段影片是三次配音中是難度最高

的。它包括四個小事件，而且裡面有超過五、六個人物，有的學生必須為二個人物配音。更難的是，不但說話速度快，話輪進行（turn-taking）之間的時間空檔也很短，因此他們不但要注意速度，還要注意角色的變換。

為了幫助學生熟悉影片的速度，我以英文字幕播放影片，並在演員說完每一句後暫停影片，讓學生馬上照著演員的說話速度重複一次，學生似乎覺得這種練習方式很有趣，眼睛緊盯著螢幕，異口同聲地模仿演員，不但模仿速度，還包括語調、感情等，好像模仿秀。到影片結束後，他們鬆了一口氣而且相視大笑，彷彿完成了一件又困難又刺激的遊戲，可見說話速度對他們而言真的是一大挑戰。雖然學生叫苦連天，我還是鼓勵他們不要放棄，繼續練習。

根據收回的 27 位學生的學習日誌，有 23 位表示說話速度快是這次配音活動中他們遇到的最大困難，他們花了比第一次配音多很多努力才能與影片同步。有二位同學表示：

這段影片速度較快，真的需仔細聽，多練習，否則真的很難跟上速度。（Participant 01journal2q11）

此次的對白中有幾句速度較快，我練「And besides... We've begged her.」這句話練約 30 次，仍不是那樣完美。（Participant 04jounral2q11）

　　除了說話速度快以外，有四位學生指出有些句子不但很快而且很長，很難一次完整而流利地說完，其中三位表達如下：

　　　　有一句很快又很長，一直念不好。（Participant34jounral2q11）
　　　　有些念不順或很容易忘台詞。（Participant18jounral2q11）
　　　　有些句子太長太快。（Participant37jounral2q11）

　　有一位學生提出另外一種困難，就是同時為多個角色配音。她寫道：「覺得變換角色的速度比較困難」（Participant 2 jounral2q11）。因為片中時常一個角色說完一個長句子，另一個角色就立刻接下去又說了一個長句子，中間幾乎沒有停頓，因此要抓準時間不大容易。
　　因為有說話速度快和話輪進行速度快的雙重困難，使學生們體認到不斷練習的重要性，有七位學生提到重複練習聽和說使他們能順利完成這次配音活動。其中一位說到：「比上次難了點，要花點時間練習」（Participant12 journal2q16）；另一位寫到他的感想時表示：「要多練習才能跟得上外國人講話的速度」（Participant27 journal2q16）。他們的辛苦也的確有收穫，如同一位男學生表示：「咬字、口語更清晰」（Participant09 journal2q16）。他們也因此獲得成就感，一位女學生敘述如下：

　　　　感覺比上次配音時更吸引我去練習，反覆聽 N 次後連對白都快背起來了，感覺有挑戰性，很有成就感。（Participant4 journal2q16）

　　由以上看來，第二次配音雖然困難，但還是可以達成的
（attainable），當學生盡全力去克服影片說話速度快的困難，他們
的英語能力就往前進一步，如同一位學生表示：「比較習慣這種配
音方式，如果一直有這樣的學習，多少會進步些」（Participant30
journal2q16）。

五、第三次配音：提早講解對白使學生較專心觀賞影片

　　　　如前所述，在第二次配音的時候，學生在第二次觀賞影
片時開始沒耐心、互相聊天，因此我決定第三次配音時要先
講解對白。於是在第三段影片單字講解完後，我照例讓學生
先看一次無字幕影片，在播放的時候，大部分學生還算專
心，然後我就先講解影片的對白和劇情，學生們和先前一
樣，講解的時候都滿認真地做筆記，把中文意義記下來。在
講解時，由於學生有先看過影片一次，我可以提及影片內容
的人事物，藉此說得更清楚。接下來我一樣帶著學生一句一
句朗讀，朗讀完後我才進行第二次影片觀賞（英文字幕），
結果發現學生展現高度的專注在影片上，接下來第三次觀看
影片（無字幕）也是如此。也就是說，把對白講解提前到第
一次觀賞影片後能提高學生的專注程度，使他們不再分心
聊天。

　　到學期末，筆者調查參與學生對電影教學步驟的偏好，在問卷中提出四種教學順序，學生對它們的偏好如下表：

表 8　參與學生對四種不同電影教學順序的偏好人數（N =35）

教學順序	人數
對白講解→看影片（無字幕）→看影片（英文字幕）	6
對白講解→看影片（英文字幕）→看影片（無字幕）	21
看影片（無字幕）→看影片（英文字幕）→對白講解	2
看影片（英文字幕）→看影片（無字幕）→對白講解	6

註：四種教學順序的第一步驟（單字講解）和第二步驟（無字幕第一次看影片）都相同，因此省略未列出。

　　由表 8 可見接受度最高的是第二個教學順序，若加上偏好第一教學順序的學生人數，則有超過一半的學生傾向支持先講解對白，可見第三次配音活動中教學步驟的調整是正確而適當的。在第一次觀賞影片時，雖然沒有字幕，學生可能聽不懂，但可以讓學生對劇中的場景、人物、及實物等畫面留下粗略印象，幫助接下來瞭解劇情；在對白講解時，學生藉著對白文字稿以及他們的母語，也就是老師的中文講解而瞭解影片中口語部分的意義與劇情，並且在跟著老師朗讀對話中字次複習；在接下來的第二次觀賞影片，雖然放的是英文字幕，但由於剛剛看過文字稿，聽了老師的中文講解，也跟著老師念過，學生有可能聽得懂，因此學生會專心，試試看自己聽懂多少，這種方法就是藉著讀和念來幫助聽力；而在第三次影片觀賞，雖然完全沒字幕，但剛剛已經讀過和聽過，現在可以試著脫離文字的輔助，完全靠聽力來了解影片的內容，也就是在腦海中把語音和畫面結合在一起，將對話和情境一起儲存在記憶中。

六、第三次配音：刺激的情節與簡短的對白使學生對配音興趣大增

　　語言教室裡鬧哄哄，到處充滿興奮、激動的笑聲，整個氣氛是投入、熱情的——這是學生在練習第三次配音的景況。上週他們已經在課堂上稍微練習這段配音，今天要正式錄音。我四處走動以觀察學生，並隨時提供幫助。我看見學生專注於電腦螢幕上，興致勃勃地模仿演員的聲調，有的模仿壞姐姐陷害女主角 Ella 去偷東西不懷好意的聲調，有的模仿 Ella 反抗壞姐姐氣憤而無奈的語調，或是小販叫賣的聲音，或是警衛吆喝 Ella 的聲音。這段影片的特色是對白短而簡單，語調情感則是誇張而多變化，這些似乎很適合這些學生的興趣，他們很喜歡模仿誇張的語調，甚至模仿尖叫、拍掌等聲音。練習了約 20 到 25 分鐘，就在愉快的氣氛中順利完成正式錄音。

　　在學期末，有 15 位學生表示這次錄音是所有錄音活動中最有趣的，他們提到的原因有三個。第一是劇情刺激，有一位學生寫道：

　　這一段配音比較有趣，說話的方式還有語氣比較多變，而且比較精彩，所以錄起來大家都還滿投入在自己的角色。（Participant23 reflectionq2）

　　這一段劇情描述 Ella 受制於聽話的魔咒而必須順從姐姐叫她偷東西的指令，然後在市集上被警衛追捕。姐姐誇張的語調，加上 Ella 可憐又無奈的表情和緊張的逃命，使得這段影片情節刺激緊張而有趣，而且有許多聲光刺激。有一位學生寫道：「這段的劇情有生氣、緊張、歡笑，整體來說算是最生動的地方了」（Participant17 reflectionq2）。事實上，由於這段幾乎每一個句子都很誇張。縱然劇情中有衝突的場面，這段影片基本上還是詼諧有趣的，因為這個故事裡的壞人殺傷力並不大，可以看得出來參與學生很喜歡為這段影片配音。

　　第二個原因是句子短而簡單。這段影片包含許多簡短的命令句，如「別讓她看到我」、「兩手合起來」等，容易了解也容易記憶。這些句子大多伴隨動作，因此有視覺輔助；此外，整段的句子數量不多，當中也有間隔時間，因此學生配起音來輕鬆容易，也不會緊張。

　　第三個原因是誇張的語調和臉部表情。因為劇情緊張刺激，其中的演員也傾向表現出誇張的語調和表情，由其是演壞姐姐 Hattie 的女演員，有不少學生特別喜歡她，對她的精彩表演印象深刻。有一位學生在他的心得感想中寫道如下：

> 在這次影片中，我其實還滿喜歡 Hattie 這個角色，雖然片中她是屬於壞的那方，但片中有許多實用又好玩的詞是因為她誇張的語調而顯得特別好記，我覺得應該不容易忘吧！
> （Participant14reflectionq2）

有 11 位學生將 Hattie 選為最喜歡的角色，因為她誇張多樣化的語氣和生動的臉部表情，把壞姊姊的角色詮釋成一個好笑又不太具有破壞力的反派人物。這段影片因為具有豐富的視覺輔助及有趣刺激的劇情，已經接近理想的英語口語溝通的教材，唯一不足的，是其中的對話用語有點太簡單，就像一位學生說道：「祈使句較簡單，容易上口，也覺得學習較少」（Participant5journal3q9）。然而，兼具視覺輔助、視覺輔助、以及適當語言難度的電影片段長是可遇不可求，畢竟電影是真實語料，並非配合學習者程度，但其視聽輔助及故事性的特質又非一般語言教材能及，因此，雖然不容易，但還是值得去嘗試尋找理想的口語訓練影音教材。

七、第四次配音：學生在自選影片片段配音中表現不佳

今天已經是第十週了，也是學生決定自選配音影片段落的截止日期，但是沒有一組交過來。在第七週的時候我就宣布要他們從「麻辣公主」（Ella Enchanted）挑一段他們喜歡的片段來配音，因為不確定他們是否知道如何挑選，我推薦了七個長度相近，對白難度適合他們的段落，對白文字稿也印給他們，但是他們仍可以選擇其它部分。雖然前面三次配音的片段都有在課堂上觀賞與講解，這七段和其他學生自選的片段由於時間的限制，是不可能如此做，於是我告訴學生會把他們所選片段的對白講解錄音好後以電子郵件寄給他們，好讓他們在家聽。我要他們儘早選好片段並分好角色，

但今天，也就是過了三週以後，還是沒一組決定好，我詢問他們遲延的理由，也沒人說話，於是我要他們今天下課就要決定好，不然就來不及配音。此時距離下課還有一點時間，我就講解那七段影片段落的其中一段。下課時，學生們終於交來他們的自選配音段落與角色分配，讓我驚訝的是，有六組就選我今天講解的那一段。有的組要求再寬限幾天讓他們討論，然後以電子郵件通知我。

當我收齊學生的自選配音段落後，我就在家錄製對白及劇情講解，並儘快寄給他們。到第 11 週上課時，我讓學生在課堂上分組練習。由於全班 14 組總共選了五個不同的片段，我只能每個片段帶念一次而已；另外，因為學生電腦無法播放影片，我只能從教師電腦一次播放一個片段，也就是說，學生練習的機會比前三次還要少。到正式錄音時，我必須逐一播放這五個片段，也沒有重錄的機會，比前幾次配音花較多的時間，但我允許學生如果不滿意，可以回家後自行重錄，再寄給我。

在心得感想報告中，筆者要求學生說明他們這次錄音選擇影片段落的理由，結果如表 9。最主要的理由是上課老師有講解，其它的理由則有考量對白的難易度、角色分配的方便、和劇情的銜接。似乎大部分學生著重的是方便性，而非趣味性或學習機會，他們比較在乎能否即時完成工作，而不是藉此機會選擇他們喜歡的學習內容。

表9 第四次配音學生選擇配音影片段落的理由（N =14）

片段編號	被選次數	理　　　　由
7	6	老師上課有教過
5	3	劇情接續上次配音而且簡單
8	3	比較好分配角色
6	1	看起來很簡單
9	1	（沒說明理由）

　　學生的選擇理由多少反映出他們的忙碌生活。他們延遲做決定可能是因為沒有時間聚在一起討論；他們偏好上課老師講解過的片段是因為如此他們就不必花額外的時間聽講解錄音檔。也就是說，他們只考量時間因素，以至於就影片因素而言，在這次活動中，除了對白難易度之外，無法得知他們的考量因素。

　　學生在這次配音活動的表現也大不如前面三次配音活動（參見第 180 頁）。幾乎所有的評分項目的平均分數都低於前三次，發音部分錯誤連連，顯示他們對單字的發音不熟，也因此影響到句子的節奏；語調和聲音情感幾乎聽不出來。惟一的例外是時間吻合度（timing），第二次配音仍然是最低分，可能因為有先前的經驗，這次所選的五個片段大部分說話速度都比第二次配音的段落慢，但仍有一、二組選的片段說話速度很快，超過他們的能力所及；有一組甚至不看影片，直接以較慢的速度念稿子交差。整體而言，這次配音相當失敗。

　　綜觀以上七個教室觀察的重大事件，可以發現學生在配音學習上的轉變。起先他們不習慣，也會緊張，以至於不敢開口；在第二次配音，他們遇到說話速度太快的困難，但也因為這個挑戰迫使他

們更多練習，而得到成就感；到了第三次配音，大多數學生已經適應配音活動，也輕鬆愉快地完成工作；第四次配音活動則顯示他們尚未準備好自己選擇配音片段，加上生活忙碌及缺乏老師指導，以致於整體表現不佳。

第二節　學生對本教案的整體感想
（Participants as a Whole）

在本教案的實施過程中，學生的反應基本上是正面的。這點可由他們的學習日誌看出：在三次配音學習日誌中，學生對老師所選的影片段落以及自己的配音角色接受度都很高，以下詳細分析學生的整體感受。

一、配音影片段落的接受度[1]（Acceptance to the Film Clips）

參與學生對三次指定配音段落的正面感受及喜歡的原因記錄在表 10，負面的感受稍後敘述之。

---

[1] 由於三次學習日誌收回的數量不一，在本段以及接下來三段（表 10 至表 13）每項原因的人數皆以百分比呈現，而不是實際人數，以方便比較。

表 10　參與學生喜歡三次配音段落的百分比以及喜歡的原因（%）

喜歡的原因	配音 1	配音 2	配音 3
	N=29	N=27	N=35
總百分比	90	70	86
劇情有趣	49	30	50
演員的演技好	6	11	19
語言難度適中	21	7	0
演員外表漂亮可愛	17	4	0
配音難度不高	0	0	25
能學到實用的對話	3	4	6
配音活動有挑戰性	0	4	6
影片內容簡單易懂	0	4	3

從表 10 可發現學生對三個影片段落接受度相當高（90%，70%，86%），喜歡的首要原因都一樣：劇情有趣。有一位學生寫道：「因為故事內容生動有趣」（Participant12 journal1q15）；另一位寫道：「前面小女孩的對話很活潑有趣」（Participant01 journal2q14）。大部分學生是因為劇情有趣而喜歡這些片段，但有一位男學生提出不同的喜歡理由，他說：「有勵志的感覺」（Participant27journal2q14）；他表示他欣賞女主角在面對惡運時仍保有堅強的意志和仁慈的心腸。

　　除了劇情吸引人以外，第一段影片也因為語言難度適中而受到學生肯定，有一位女學生表示：「深淺度適中，對話時速度亦可接受範圍，活潑、易懂」（Participant04journal1q15）。另一位女學生則說：「這段影片的速度不會太困難」（Participant01journal1q15）。還有一個意想不到的因素是劇中人物的長相，在第一次配音有 17%

（五位）的學生深受飾演女主角襁褓時期的小嬰孩可愛的模樣所吸引，其中一位女學生寫道：「她長得好可愛，在 Lucinda 命令她 Now go to sleep and Now wake up 的時候超可愛的」（Participant15 journal1q16）。也因為注意可愛的寶寶，也使一位女學生對與她相關的對白印象深刻，她說：「有些句子比較深刻……Lucinda 對 Ella 施魔法禮物這段，因這段 Ella 被控制了，一下睡一下醒，很可愛」（Participant01 journal1q17）。也就是說，視覺的吸引提高語言學習的專注程度。其它學生喜歡這三段影片段落的原因還包括配音活動適度的挑戰性（不會太難或太簡單）、語言難度適中且實用、以及影片內容容易瞭解等。

　　縱然大部分學生對這些影片段落的接受度很高，仍有一些同學對它們抱持負面的看法，或者是沒意見，其中原因如以下表 11。

表 11　參與學生不喜歡三次配音段落的百分比以及不喜歡的原因（%）

不喜歡的原因	配音 1	配音 2	配音 3
	N=29	N=27	N=35
沒意見	0	22	3
不喜歡悲傷的劇情	0	19	0
不喜歡這種類型的電影	17	4	0
不喜歡	10	7	6
不夠熱血	10	0	0
對白太簡單	0	0	3
沒有啓發性	0	0	3

根據表 11，在第二次配音中有 19%（五位）的學生不喜歡劇中女主角母親臨終時的哀傷氣氛，有一位女學生寫道：「有些片段喜歡，但是 mother 要死掉了，所以有點難過」（Participant37 journal2q14）。另一位女學生則說：「……後面 mother 生病了，整段就很沉悶」（Participant01journal1q14）。根據表 10，學生喜歡影片的最主要原因是劇情有趣，因此很有可能這些學生不喜歡悲劇類的戲碼做為學習的教材。另外在第一次配音中有 17%（五位）的學生表示這部影片不是他們喜歡的類型，其中一位男學生表示：「還好而已，不是喜歡的類型」（Participant26journal1q15）。有一位女學生寫道：「不喜歡，比較喜歡動作片或戰爭片」（Participant35 journal1q15）。其實，要選一部 39 位學生都喜歡的影片並不容易，這樣的接受度還算可以。

二、個人配音角色的接受度
（Acceptance to the Dubbing Roles）

大部分學生對自己的配音角色都還滿喜歡，如表 12 所示。最主要原因是難度適中，不會太難，如下面二位學生所說：

因為他念的速度比較慢。（Participant37 journal2q9）
我想先從比較簡單的角色開始。（Participant27journal1q9）

表 12　參與學生喜歡自己配音角色的百分比以及喜歡的原因（%）

喜歡原因	配音 1 (N=29)	配音 2 (N=24)	配音 3 (N=35)
總百分比	76	63	66
難度適中	24	21	14
有挑戰性	17	21	17
喜歡配音角色的個性	17	8	6
欣賞演員的演技	7	13	9
有學習機會	0	0	8
台詞包含實用語彙	3	0	0
台詞有趣	3	0	0

　　雖然大部分學生都喜歡簡單的學習活動，但有些同學反而是需要挑戰的，因此第二重要原因是配音角色有挑戰性，有二位學生表示如下：

　　　雖然難揣摩，但有挑戰性。（Participant12 journal3q9）
　　　這次自願選擇對白較多的媽媽，挑戰自我。（Participant04 journal2q9）

　　從這二個主要原因可以看出來，學生需要先確認這個學習活動不超過他們的能力，尤其他們對開口說英文普遍抱有恐懼的心態。當他們體驗配音活動不會太難，就有安全感，甚至願意冒險去挑戰較難的角色。第三重要的原因是欣賞配音角色的個性，如以下三個例子：

因她（Ella）從被施咒到發現及用內心主宰的想法，以積極
的態度面對。（Participant30 journal2q15）

因 Mandy 是一個好的仙女。（Participant30 journal1q9）

……是位很慈祥的母親。（Participant17journal1q9）

　　從學生的說法可以看出來他們很在乎他們在為誰說話，也就是
在乎他們在配音中變成哪一種人，如果他們認同配音角色的特質與
個性，配音的過程就很愉快。上述三位學生分別認同他們所代表人
物的仁慈、善良、勇氣、以及樂觀等特質。

　　另一方面，並非所有學生都喜歡幫好人配音，有些學生偏好扮
演壞人，覺得嘗試反派很好玩，也喜歡模仿他們誇張的語氣。三位
女學生說明如下：

因為他的台詞念起來最有感覺、生動。

（Participant23journal3q15）

反派角色更易發揮，非常喜歡。（Participant11journal3q9）

喜歡壞女生的音調。（Participant02journal3q9）

　　另外則有些學生希望在配音時仍能做自己。有一位學生表示不
喜歡替壞人配音，他寫道：「太尖酸，不符合我的個性」（Participant
03journal3q9）。這位學生希望他的配音角色的個性和他自己相似，
以致於他可以產生同理心。顯然他是一位有正義感、善良的人，因
為他特別表達對女主角 Ella 的同情，例如在談到自己最喜愛的劇中

人物時，他的回應是：「Ella，感覺她好可憐，被迫與好朋友分開」（Participant03journal3q15）。

由學生對自己配音角色的重視可以看出他們在配音過程中並非只有像鸚鵡一般單純地模仿演員的聲音，乃是將情感投入在他們所配音的人物，這種情感投射使他們把自己假想為劇中人，藉此間接參與了劇中的人際互動，而這些情感也是在現實世界的人際溝通有可能產生的。也就是說，他們所學習的是有情感的語言，就像現實世界的人際口語溝通是有情感（情緒）（emotion）的介入，也因此才有意義及目的。

表 13　參與學生不喜歡自己配音角色的百分比以及不喜歡的原因（%）

不喜歡原因	配音 1 （N=29）	配音 2 （N=24）	配音 3 （N=35）
沒特別感覺	7	21	17
對配音角色不挑剔	7	4	0
不喜歡哀傷的劇情	0	4	0
不喜歡	7	8	14
難度太高	7	8	0
學習機會少	0	4	3
缺乏挑戰	3	0	0
分配角色方法不當	0	0	3

有幾位學生對他們的配音角色並沒有特別喜歡，其中原因如表13 所列。有些學生表示他們配哪一個角色都可以，不會特別偏好某個角色；有的則是不喜歡哀傷的角色，如前所述臨終的母親；還有學生則是抱怨自己的角色太難或太簡單。

有二位學生表示他們的配音角色太簡單，學習機會比較少，其中一位寫道：「是以抽籤分配角色的，我抽到的是媽媽角色，基本上覺得此角色有些許 easy！不是太喜歡！喜歡再難些許的對白」（Participant04journal1q2）。這位學生因為組員決定抽籤而分到不適合自己程度的角色，由此可見角色分配的方式是一個關鍵，最好能按個人能力協調分配。

三、質疑童話電影不合現實情境
（Minor Doubt of the Authenticity of Fairy Tale）

在第一次配音活動的學習日誌中，有八位學生提到這部電影是童話故事，和真實世界有距離，有三位學生表示如下：

> 這段有魔法，可是現實中沒有魔法。（Participant34 journal1q14）
> 感覺這部片子中的語句和現實生活的句子並不是很實用。
> （Participant 16journal 1q15）
> 希望能有關於 F&B（註：food and beverage，該班為餐旅系學生）的影片，讓我多練習。（Participant38journal2q16）

由於在這之前上課時間緊湊，沒有來得及解釋這部影片被選用的原因以及其中所包含的美國文化價值觀，而學生的反應和之前試驗性研究的參與學生一樣，後者也有少數學生提出童話故事的不真實感。由此可見雖然童話故事有提高學習興趣與動機的優點，但仍

有不真實的距離感。這也是選擇影片必須面臨的折衷,對於學習動機較低、上課容易分心的學生,有聲光刺激及劇情有趣的電影能夠吸引他們的注意力,但就不夠真實;以真實世界為背景的電影,如前所述,又可能語言程度太難,更不用說比較沒有視覺及音效的刺激,因此老師必須在這些因素中折衷及妥協。

為了解決學生的疑慮,筆者在接下來一週的課堂上說明雖然這部影片是童話,但其中對話的人際溝通及語言功能(language function)和日常生活的口語溝通是相同的,並解釋這部影片所反映的美國價值觀,及瞭解這些價值觀對口語溝通的重要性。到了學期末的問卷調查,絕大多數學生都能接受這部影片,只有一位學生建議選用影集「六人行」,他寫道:「對於影片的選擇,可以選擇比較生活化,原因是影片中的英文用詞用法,都可以融入生活,也容易懂,像六人行就滿不錯的」(Participant03reflectionq4)。這位學生的程度可能比較好,因為對大部分其他學生而言,這部影集的說話速度相當快,因此筆者在起初選擇影片時並未採用。

也有幾位學生表達對童話故事的肯定。有一位女生說:「我本身也很喜歡這類帶點童話、又有趣的電影。每每故事的內容,能啟發我、鼓勵我以外,主角的遭遇也使我能夠產生同理心」(Participant11reflectionq4)。一般認為男學生可能比較不能接受這類童話故事,但有一位男受訪者則表示高度接受,他說:「我覺得它那個故事還蠻有趣的……」(Interviewee3p96week11)。整體而言,這班學生對這部電影的反應還不錯,雖然少數人注意到童話故事的不真實感,大部分學生仍然深受其中有趣的故事及聲光效果吸引,達到提高學習興趣與動機的目的。

四、英語語言知識的進步[2](Perceived Increase in English Language Knowledge)

　　在學生的學習日誌及心得感想中，時常看到學生提到自己的英文語言知識有進步，也就是比較能記住影片中的單字與句子。表14是學生日誌相關內容的分析結果。

表 14　參與學生學習日誌及心得報告提到英語語文知識進步
之各項細目出現次數

相關項目	J1	J2	J3	R	T	實例
從電影較容易記得單字和句子	3	0	11	9	23	從電影比較容易學單字。
因重複練習而幫助記憶	18	0	0	0	18	我已經重複 N 次。
因語調而幫助記憶	3	0	0	5	8	因為她的語調我能記得句子。
因臉部表情等視覺情境而幫助記憶	0	0	0	4	4	有了影像，句子活了起來。
因故事有趣而提高學習動機	2	0	0	4	6	我被故事深深吸引，所以很想學裡面的句子。.

註：J1=第一次電影配音學習日誌（J2=第一次電影配音學習日誌，以此類推），R=整學期心得報告（包括訪談），T=總共出現次數。

---

[2] 在本段以及接下來四段（表 14 至表 18）皆探討學生在學習日誌中談到他們的學習心得，由於是質性的自由論述，學生可能就各種角度提到各種不同的感受，因此乃將同類的感受歸入同一項目，並以該項目出現的次數來呈現資料分析結果。在表中的總出現次數不一定等於提到此項目的學生人數，因為同一學生可能在不只一次的學習日誌提到相同的感受，這些重複都予以計算，因為每次出現都有其重要性與意義。

　　根據表 14，有三位學生在第一次學習日誌提到從電影較容易記得他們台詞部分的句子，有一位寫道：「我對口語化的比較印象深刻」（Participant34journal1q17）。另一位則說：「一直重複地聽，增加熟悉度」（Participant39journal1q19）。第二次配音可能因為難度較高，並沒有學生提到此類感受。在第三次學習日誌以及整學期心得則分別有 11 人和 9 人提到相同感受，有二位寫道如下：

> 每次配音都要會念和知道它的意思，所以都會學到單字和句子。（Participant01 journal3q16）
>
> 藉由電影錄音的過程，我真的記住了一些單字，比起以往死背的方式，效果好多了。（Participant19 reflection q4）

　　從學生在學習日誌的反應中，可歸納出四個促成他們自評語文知識進步的因素。第一是在配音活動中的重複練習；在第一次學習日誌中，有一道題目是詢問學生是否在配音後對影片中的句子印象深刻及其中原因，有 18 位（67%）給予肯定的答覆，而且原因是重複練習。第二個因素是影片中的聽覺情境（audio context）；有些學生提到因為聽到演員誇張的語調而對他們所說的句子印象深刻。有二位學生在訪談中敘述如下：

> 比較有感情的……一些情緒在裡面，所以就會……比較深刻。（Interviewee5 p268）
>
> 一定是有幫助的，因為，就是一些高低起伏……因為覺得，像以前的那種，看課本的話，那可能就是，就像背書一樣，

就是很死板的把它背出來，那這個可能就是，也許將來真的
有機會跟外國人講話的時候，這個語調可能會，就是抓得
會，更好一點。（Interviewee7p342）

　　由學生的反應可以看出影片中人物說話的感情語調有助於加
深學生對劇中對白的印象，而且學生相信句子和語調一起學習有助
於日後與外國人的實際對話，也就是說，這種學習效果可以轉化到
（transferrable）真實情境。第三個因素是影片中的視覺情境（visual
context）；有一位女學生在受訪時說道：「……加上畫面會知道說什
麼樣的情境用什麼樣的語言去表達，印象的話，是會比較深」
（Interviewee2p29）。其實，在日常生活的對話中，大部分情形是
對話者可以互相看見對方及週遭實體環境及社會環境，這位學生的
看法顯示這些實境的視覺接觸對語言學習是很重要的。最後一個因
素是故事性的內容；有二位學生表達如下：

　　……我是比較希望說，就是能知道說它的故事大概在講什
　　麼，這樣比較……理解它主要表達的是什麼。（Interviewee4
　　p145week11）
　　（如果沒有故事），你不曉得他們……為什麼要這樣做。
　　（Interviewee5p229week11）
　　聲音與配音須照劇情有高低起伏，每句印象都挺深刻的。
　　（Participant21journal1q17）

前二位學生特別強調他們需要知道劇中人物的關係及他們之間互動的背後原因，他們需要知道整個故事，其中的語言溝通對他們而言才有意義。影片中的劇情架構使得劇中人物的口語溝通一貫（coherent）、有目的（purposeful）、且有意義（meaningful），也因此引起學生想繼續看影片的動機，以知道劇中人物關係的接下來發展。第三位學生則是因為在配音時把感情放進台詞，經由語調的變化而記住他的台詞。也就是說，藉著配音把自己融入故事的情節中，因而記得其中的語句。

除了有助於語言記憶，影片中的故事情節也幫助學生瞭解一些句子的語用原則（pragmatic use）。有一位學生指出：「原來祈使句的用途這麼廣泛」（Participant05 journal3q16）。也就是說，在影片中的命令句是用在有意義的實際溝通，配合其中的社會情境及實體環境，因此讓這位學生瞭解這些句子精確的意義與適用的情境。

由此可見，參與學生認為電影配音活動可以幫助他們學習字彙與句子。為了要配音，他們必須一直不斷模擬電影中的實境對話；劇中的情節使那些對話有意義、有目的，而影音呈現提供了豐富的情境，讓學生瞭解並記住語句的意義及內容。這些因素加起來，營造出一種學習環境，在其中語言是被當作溝通工具（communication tool）來學習，而非片段、獨立的知識。就如試驗性研究中發現的結果：學生並非先死背台詞再來配音，而是在配音的過程透過實作練習不知不覺記住台詞，這種記憶是學習的自然結果。

五、英語聽說能力的進步（Perceived Improvement in English Listening and Speaking Skills）

　　學生自評在英語聽說能力上有進步，如表 15 所示。在第一次配音後就有七位學生體認到電影配音的好處，可以增強他們的英語聽說能力，其中一位表示：「聽力和說是最明顯的增加」（Participant 39journal1q19）。縱然在短短一學期的時間不容易有非常明顯的進步，但是他們已經能感受到自己語言技巧產生變化，在接下來所蒐集的學生資料有更多類似的感受，如下面三位學生所述：

　　　在發音上有進步。（Participant 17journal1q19）
　　　把之前發音不清楚改過來。（Participanth03 journal1q19）
　　　這堂英文課上下來讓我聽力比以往進步很多。
　　（Participant37reflectionq4）

表 15　參與學生學習日誌及心得報告提到英語聽說能力進步
之各項細目出現次數

相關項目	J1	J2	J3	R	T	實例
發音進步	7	0	6	8	21	經過配音我能糾正我的發音。
聽力進步	3	0	0	4	7	聽力有進步。
有練習的機會	0	0	2	4	6	應該要多練習，而不是只讀課本。
學會用感情說英文	1	0	2	0	3	我學會用感情說英文。

註：J1=第一次電影配音學習日誌（J2=第一次電影配音學習日誌，以此類
　　推），R=整學期心得報告（包括訪談），T=總出現次數。

　　為了完成配音的工作，學生必須重複聽演員的說話內容，以瞭解意義，並熟悉其說話速度、語調、感情等聲音特質，在這過程中，他們的聽力就被加強。值得一提的是有學生提到他們學會用感情說英文，也就說除了正確（accuracy）和流利（fluency）以外，他們還加上感情。有一位學生表示：「〔我學到〕就算是話短，也要表達出感情」（Participant06journal3q16）。在電影配音中，學生所模仿的是有真實情境的溝通，其中必然牽涉到情感的表達，因此，他們並非機械化的模仿，而是投入同理心在口語表達中。

　　有二位學生提到英文課提供練習機會的重要性。其中一位表示：「因為這堂課著重在配音還有聽力……所以真正去練習，而不是只是在念課本而已」（Participant23 reflectionq4）；另一位則表達如下：

> 我覺得學習這一堂課英文聽力練習，可以多增加練習英文的機會……也讓我覺得學習英文應該是多多練習，而不是久久準備一次來考試，因為英文是一種語言，應該要多加練習，以增加其熟練度……而不是一直很緊張看書來應付考試。（participant20reflectionq4）

　　這二位學生體認到他們過去練習的不足。以前他們學英文的方式主要是聽老師講解課本，然後就考試，並沒有實作練習的機會，也因此無法熟悉老師所教的內容。另外有一位過去曾上過聽講訓練的學生寫道如下：

所以我一直覺得這門課和以往的教學有大大的不同，從前的
英聽課也只是聽聽錄音帶或 CD，老師也只是帶著念，但念
完後可能就忘記了，光靠耳朵聽來學習是很難加深印象的。
（Participant31reflectionq4）

由此可知上課練習機會對學生的學習影響很大。經過參與本教
案後，學生體會到實作練習的好處和重要性，在學期末的教學後問
卷調查中，大多數學生肯定電影配音活動對增進英語聽說能力的果
效。在四種選項中（1＝非常同意，2＝同意，3＝不同意，4＝非常
不同意），學生同意經過本教案後英語聽力、語調、及發音準確度
有進步的平均值分別是 2.0，2.1，以及 2.0。這些結果和學生的學
習日誌內容相互印證。配音活動涵蓋語音正確性、語調、對嘴（lip
synchronization）、和聲音感情，為了達到這些目的，學生必須在了
解對話內容之後根據演員的典範反覆練習，在這樣觀察與模仿的過
程中，學生的聽力和口說能力也得到提升。

六、有機會觀摩母語使用者的真實口語溝通（Opportunities to Observe NESs in Authentic Oral Communication）

在學生的學習日誌中經常可以看見學生表示他們得以由電影
看到外國人說話的方式；他們注意到不同的細節，例如母語使用者
的說話速度、語調、臉部表情、及文化等等，如表 16 所示。在第
一次配音活動後就有九位學生體會到這種新教學方法帶給他們不

同的感受，就是能近距離觀察英語母語人士彼此真實對話時的說話方式。有二位學生表達如下：

多了解外國人說話的音調。（Participant01 journal1q19）

比較能貼近外國人的說話方式。（Participant27journal1q19）

表 16　參與學生學習日誌及心得報告提到有機會觀摩英語母語人士之真實對話之各項細目出現次數

相關項目	J1	J2	J3	R	T	實例
有機會觀察母語人士真實對話時的說話方式	9	1	1	7	18	我可以學到外國人在對話時得語發音和語調
瞭解美國文化	2	0	1	4	7	使我了解西方文化背景和溝通方式。
有機會觀察母語人士對話時的臉部表情	0	0	0	2	2	因為電影我可以看到臉部表情。
有機會觀察母語人士對話時的肢體動作	0	0	0	2	2	在電影裡面可以看到動作。

註：J1=第一次電影配音學習日誌（J2=第一次電影配音學習日誌，以此類推），R=整學期心得報告（包括訪談），T=總出現次數。

透過近距離觀察，有的學生因此瞭解他們自己口說能力的缺點。如下面二位學生所說：

……可以知道自己的程度如何。（Participant29 journal1q19）

至少知道自己開口說英語的標準度。

（Participant06journal1q19）

影片中的演員提供了英語口語溝通的典範，讓這些學生效法學習，以自我提升他們的聽說能力。二位學生寫道：

> ……學習如何去聽懂外國人說英文的腔調。（Participant36 journal1q19）
>
> ……藉由影片訂正我不對的發音。（Participant21journal1q19）

在整學期心得報告中，學生最多提到觀察影片的收穫是了解母語人士對話的語調。有一位學生提到：「……也可以學到在真實的對話中句子的語調及發音」（Participant16reflectionq4）。另一位也表示：「可以聽得到他那種音調……去抓得住」（Interviewee5 p208week11）。另外，對美國文化的了解也是學生的收穫之一，就像一位學生說的：「……也了解西方文化背景和西方人的相處方式」（Participant28 reflectionq4）。

由以上學生的感受可以看出學生們以前並沒有很多機會觀察英語母語人士真實口語溝通及其情境。也就是說，雖然他們從中學開始至少已經學了六年的英文，也照理學習了一些單字與文法，但他們卻很少看到英文是如何在生活中被使用，換句話說，以語言當作一種溝通工具來看，這些學生學習有關這個工具的知識已經六年，還幾乎不曾好好觀摩專家（英語母語使用者）如何使用這個工具。在教學後問卷調查中有詢問學生是否同意電影有能力提供英語口語溝通的典範，學生答覆的平均值是 1.5（1＝非常同意，2＝同意，3＝不同意，4＝非常不同意，見附錄 4），顯示高度同意。本教案中帶給參與學生一種新的學習環境，在此環境中，學生得以觀

察英文的語言文化，一窺專家的世界，並仔細觀察專家的行為表現。他們觀察著重的面相不同，心得也不同，有的在語言能力上進步，有的則更多了解英語的人文世界。

七、正面的情意反應（Positive Affective Reactions）

從學生的學習日誌與心得可以看出，學生在本教案的學習經驗大體上是愉快而充實的，如表 17 所示。學生在情意因素上最常見的正面反應是獲得說英文的勇氣，在第一次學習日誌中就有六位學生注意到他們不再像以前那麼害怕說英文，其中三位說明如下：

比較敢講……（Participant07journal1q19）

勇於把英文說出口，這是最重要的。（Participant38 journalaq19）

這次學習上讓自己終於敢開口說，因為害怕講錯，所以久而久之就不敢開口去說英文。（Participant10journal1q19）

表 17　參與學生學習日誌及心得報告提到正面情意反應
之各項細目出現次數

相關項目	J1	J2	J3	R	T	實例
獲得說英文的勇氣	6	0	2	5	13	電影配音使我有勇氣說英文。
學習興趣和動機提高	2	2	1	2	7	電影配音使我學習興趣和動機提高
獲得成就感	0	2	0	1	3	每次我克服挑戰就有說不出的成就感。

註：J1=第一次電影配音學習日誌（J2=第一次電影配音學習日誌，以此類推），R=整學期心得報告（包括訪談），T=總出現次數。

　　類似的反應在接下來的學習日誌繼續出現，到最後整學期心得報告中有二位學生寫道：

> 我覺得這門課所用的影片學習對我們有很大的幫助……從不敢講到現在已經可以去面對了。（Participant31reflectionq4）……而且在公司也比較敢開口說英文了。（Participant36 reflectionq4）

　　由以上的感想可見他們在說英文上有了突破，相對於他們在學期初的教學前問卷調查中所顯示的焦慮，在電影配音活動後這些焦慮已經獲得改善。

　　另外二種正面的情意反映是學習興趣和動機的增加與獲得成就感。有一位學生在學期末回憶道：「這次上英文課，真的是很有趣，老師用了幫電影配音的方法，提升了同學們得學習態度與興趣」（Participant21reflectionq4）。學生的學習動機和興趣增加的原因之一是電影的劇情很有趣，就像一位學生所說：「看影片的好處是你一直想看下去…」（Participant03reflectionq4）；另一位學生也指出：「課程中的影片真的非常吸引我，我也非常喜歡，因為喜歡，也比較有興趣主動去瞭解與學習」（Participant32reflection4）。還有一個原因是電影配音活動本身；有一位學生表示：「我承認雖然還是有一點害怕會太難，但卻有想要試試看的念頭，心想要是配成功了那種感覺會多麼的好」（Participant18reflectionq4）。雖然學生在電影配音過程中經歷種種困難，尤其是面對影片的說話速度，他們卻能在克服這些困難之後得到實質的成就感，有一位男學生解釋如下：

> 只是要學到外國人的音調感情真的很難，尤其是連音的部
> 分，外國人講話的速度真得很快，連聽都聽不太懂在說些什
> 麼，更何況是要跟著他們的速度唸，不過每次挑戰完後，都
> 有一種莫名的快感，因為自己贏了自己，所以不管怎樣，新
> 鮮方式有新的收穫，但收穫一開始好像不如預期。
> （Participant 08 reflectionq4）

這位學生一開始和大部分參與學生一樣，並不習慣電影配音，
但當他願意接受挑戰，戰勝自己以後，他得到了報償，就是成就感。
雖然學生在說明自己對配音活動的整體心得時並不多人特別提到
成就感，然而在第二次及第三次學習日誌中，學生在回答是否喜歡
自己的配音角色及喜歡原因時，各有 21 及 17 位學生表示喜歡的原
因是因為替他們的角色配音有挑戰性，人數佔所有喜歡原因之首。
有一位學生表示：「我選擇的角色是旁白和兩個女孩，旁白有些較
有深度的對白，念起來有挑戰性」（Participant01journal2q9）。相對
的，缺乏挑戰性則造成某些學生不喜歡自己的角色，有一位學生在
第一次配音之後表示：「基本上覺得此角色有些許 easy！不是太喜
歡！喜歡再難些許的對白」（Participant04journal1q9）。這位女學生
不喜歡太簡單的台詞，可見學生需要某種程度的挑戰來帶給他們成
就感，也就是說，成就感在本教案有重要的地位。

在教學後問卷調查也印證學生在學習日誌的反應，大多數學生
同意他們說英文的勇氣增加，以及用電影學英文有助於提高學習興
趣與動機，這兩項的平均值分別是 1.9 和 1.5（1＝非常同意，2＝
同意，3＝不同意，4＝非常不同意，見附錄 5）。在電影配音中，

電影所提供的輔助使學生能在比較沒有壓力的情況下模擬真實情境對話，也就是說，學生們並非只是獲得勇氣說英文，而是獲得勇氣把英文當作溝通工具使用。因為在電影營造了一個有意義、有目的、且一貫的口語溝通世界，在其中語言是被用來建立、維持、或改變劇中人物的關係，演員以其演技投入情感，真實呈現劇情中的人際互動。因此，學生們乃是獲得勇氣投入情感與同理心來為劇中人物發聲，以符合劇情，就像有一位學生表示如下：

> 幾次的配音後，發現對英文似乎沒有再這麼害怕開口，一開始只是為了老師的要求而唸，漸漸的開始會融入劇情……（Participant 12reflectionq4）

也就是說，在電影配音中，學生們不是機械化的練習，只注重語言形式（form），而是也同時注重語言的意義（meaning），且在溝通的情境中加上情感。

八、體認電影配音為學習英語之有效方法（Recognizing Film Dubbing as an Effective Way to Learn English）

根據表18，在學生的第一次學習日誌中就有13位學生表示用電影配音的上課方式新鮮且有效，加上接下來的日誌和心得，類似的說法總共出現30次。在前面的章節已經提過電影配音活動有效之處，在此特別注重它對學生課堂外的影響，如表18所示。首

先，電影配音帶給學生緊湊而有回饋的學習經驗，如下面二位學
生表示：

> 另一種不一樣的學習方式，是那樣的活潑、實用，可增加
> speaking 的能力，對我而言是很新奇的學習方式，又較有效
> 率的學習方式。（Participant 04journal1q19）
> 我上過的英文課是這次最特別也最刺激，又學習效果還不
> 錯。（participant 29reflectionq4）

表 18　參與學生學習日誌及心得報告提到體認電影配音
　　　為學習英語之有效方法之各項細目出現次數

相關項目	J1	J2	J3	R	T	實例
用電影配音學英文既新鮮又有效	13	4	2	11	30	對我而言，這個方法很新鮮，也很有效。
希望上課時間更長	0	0	0	5	5	如果這樣上課的時間可以更久，效果會更好。
有助於看其他影片時的語言學習	0	0	0	5	5	我在看其他影片和廣告時，會比較注意聽。
將所學自動應用在日常生活對話中	0	0	0	2	2	我在日常生活和家人和同學在一起時會很自然說出口來。

註：J1=第一次電影配音學習日誌（J2=第一次電影配音學習日誌，以此類
　　推），R=整學期心得報告（包括訪談），T=總出現次數。

　　有喜歡這種上課方式的學生表示上課時間太短，希望能加長，
有二位學生表達如下：

> 這門課利用電影來學英文是個有趣的上課方式，但是，整體而言，時間真的太少了，一節課才 40 分鐘，加上有時又無法準時上課……（Participant 39reflectionq4）
> ……我想整個課程的時間如果更長些，我會更受益，只可惜短短 12 個禮拜並不足夠。（Participant32 reflectionq4）

這些學生因為體認到電影配音的學習效益，而希望能延長學習的時間。另外一位女學生特別提到對語調的助益：「我覺得如果能一直繼續下去，也許真的能改善我們說話的語調」（Participant14 reflectionq4）。

另一個電影配音的學習成效顯示在學生課堂以外的英語使用及學習情形，有一位學生提到：「現在和同學開玩笑的時候就會不經意的說出其中的某段對話，同學也會跟著附和」（Participant36 reflectionq4）。這位學生能夠把課堂上所學的應用在日常生活，把英語真實用作溝通工具。另外則有學生表示他們的課堂外英語學習習慣受到影響，有五位學生在觀賞其他英語影片實比較不會倚賴中文字幕。其中一位說道：「現在在看一些舊電影的時候，也會把字幕遮起來，試著聽他們的發音，若發現懂得句子時就覺得還蠻有成就感的」（Participant36reflectionq4）。

總括而言，本教案被參與學生視為新鮮、有趣、且有效的英語口語能力學習方式。他們對於能夠透過影音呈現近距離觀察英語母語人士彼此溝通的方式感到印象深刻，電影配音對他們而言具有相當的挑戰性，但並非不可能的任務。在此教學設計之下，學生認為他們的聽說能力有進步，而且比較有勇氣開口說英文，甚至有少數

學生能夠將所學轉用到日常生活對話中。總而言之，本教案提供給學生一種新的英語學習方式，也可能對他們未來的英語學習產生影響。

第三節　六個學生個案探討（Focus Cases）

前面的部分是以全體學生為單位做橫向分析，本節從中選出六位學生做縱向分析，探討他們個人在本教案中從頭到尾的心路歷程及改變。這六位學生包括四位男學生和兩位女學生，他們被選中的原因是因為他們的學習經驗具有代表性及多樣性；對他們的分析是根據他們所交的心得資料、配音活動的表現、以及筆者上課的觀察。為保護學生隱私，以下人名皆為假名。

一、Cherry：「我做到了！」

Cherry 是一位很認真但很羞怯的學生。從她的教學前問卷調查可以看出她對英文非常有興趣，也自認很用功學習；她對英美文化的接受度很高，但不常看英文電影——幾個月才看一次；她認為自己的英文聽說能力很弱，因此對於在課堂上開口說英文感到極端焦慮，尤其對無準備的角色扮演，她的接受度是零，而可以準備的話劇表演則稍微可以接受；身為用功的學生，她願意在課堂上回答老師的問題，但必須給她時間準備，而且只有在老師叫到她的情況

下，也就是說她不願意主動舉手回答；至於上台說英文，她的接受度也是零。Cherry 對說英文的焦慮可以在她後來的心得感想看出來，她說：

> 剛開學拿到課表之際，看到上面寫著「英語聽講訓練」時，心想天啊！一定又要被叫起來回答沒把握的英文問題或大聲朗誦不標準的英文，且無論如何老師若想達到「英語聽講訓練」的宗旨就一定會要我們開口說英語。只要一想到就覺得討厭與難堪。（Participant 18 reflectionq4）

由此可見 Cherry 在還沒開始上課就開始緊張不安。單是知道要上英語聽講課程就使她感到焦慮，她擔心的是面子問題：老師一定會要求她開口，她的口語能力又很差，似乎是難逃的折磨。然而，本教案第一節課就改變了她的預期，她回憶如下：

> 但開學後，第一次上課時老師就播放「麻辣公主」給我們看，還說著這就是以後上課的內容，上課方式是要我們當裡面的角色，並且念出其角色的台詞來配音。說到這裡就已經有點興趣，我承認雖然還是有一點害怕會太難，但卻有想要試試看的念頭，心想要是配成功了那種感覺會多麼的好。（Participant 18 reflection q4）

在聽了課程介紹及觀賞前面部份的電影後，Cherry 發現這門課和她想的不一樣；她並不會被叫起來回答問題或朗讀英文，也就是

說，她所擔心會令她丟臉的事情都不會發生。取代的是電影配音，在當中她可以躲在螢幕後面說英文。這個學習活動引起 Cherry 的興趣，尤其在看了影片之後，她在學習日誌上表示她對電影配音「有興趣。因為故事內容很有趣」(Participant 18 journal1q13)。電影的劇情激發了她的動機，使她想要嘗試配音的任務，雖然她沒有把握會成功，她的興趣與動機使她能夠克服焦慮去嘗試。

在第一次配音活動中，Cherry 就選擇了最困難的角色，也就是壞仙女；她的台詞比另外兩個角色長，而且說話速度很快、聲調感情也很誇張，然而，Cherry 表現得很好，得了高分。其實她的發音並不像她自認的那麼差，只是偶爾會念錯一、二個字；她把壞仙女的不耐煩、霸道等語氣模仿得唯妙唯肖，非常有戲劇效果。問到配音的困難，她的反應是沒有，前面有提到大部分學生第一次配音不敢開口，Cherry 也承認剛開始她會緊張，但之後她說：「可以克服，馬上就可以投入」(Participant18journal1q3)。她表示演員的臉部表情很生動，使她喜歡這段影片；談到她的配音角色，她表示壞仙女是三個角色中她最喜歡的，因為「角色很特別，是個殺傷力不大的壞人角色」(Participant18journal1q16)。這次配音活動也幫助她的英語知識學習，她說：「幾乎都背起來了」(Participant18journal1q16)，最後她的總結是這次配音活動「幫助很大」(Participant18journal1q19)。

第二次配音，也是難度最高的一次配音活動，Cherry 替四個人物配音，包括旁白、女主角 Ella、以及兩個壞女孩。其中旁白的部分雖然不長，但有幾個單字較難念；替兩個壞女孩配音則須模仿小女孩的聲音，而且包含挑釁、不友善、和受驚嚇的口氣；女主角 Ella 的台詞則屬於中等難度，但有一句說話速度很快。Cherry 果然

是用功的學生，根據她的學習日誌，她花了三到五天來準備，甚至把台詞都背起來了。她寫道：「有空就拿來背」（Participant18 journal2q10）。她也遇到一些困難：「有些念不順或很容易忘記台詞」（Participant18journal2q11）。還好她和她的組員之間互動良好，她寫道：「我們會互相討論不懂的單字、不熟的句子」（Participant18 journal2q12）。而且，Cherry 很喜歡她的配音角色，她說：「我喜歡我的角色，因為我的角色很多重，很富挑戰性」（Participant18 journal2q9）。經過第二次配音之後，Cherry 表示：「我比較不會排斥配音了」（Participant18 journal2q16）。

到了第三次配音，Cherry 表示沒有遇到任何困難，而且覺得很好玩。她和上次一樣替女主角 Ella 配音，她似乎很喜歡 Ella 的個性；在第二次配音時她就說很欣賞 Ella，認為 Ella「很有主見」（Participant18 journal2q15），這次她則是稱讚 Ella「很活潑」（Participant18 journal3q9）。

整體而言，Cherry 一開始就對對電影配音的教學方式接受度很高，而且隨著時間愈來愈熟練。她回憶如下：

現在已經是學期末了，我們的收穫遠遠超過我們的想像。從第一次配音的緊張到現在拿到稿子就只是查查不懂的單字，念念不熟的句子，台詞順了就可以配音，準備時間可說是一次比一次短，配起音來也一次必一次投入。（Participant 18 reflection q4）

在本教案的電影配音活動中，Cherry 經歷了英語學習上的轉變。剛開始，她很害怕說英文，如今藉著電影配音本身的趣味性，她開始喜歡說英文。她解釋自己的轉變如下：

> 我想當初老師的選擇是對的。因為要學生開口說英語固然重要，但要如何讓學生在沒有心理負擔及外在因素影響下來說英語才是首要條件，也是學習最重要的一環。（Participant18 reflectionq4）

藉著電影配音活動，Cherry 得以在沒有心理壓力的情況下練習說英文。影片中的演員和場景提供了某種庇護（refuge），她可以在安全的環境下觀察及模仿母語人士的口語溝通，因而免於焦慮。她的進步也延伸到課堂以外，她表示如下：

> 上了一學期的「英語聽講訓練」，我敢說，我現在敢開口說英語，因為我已經做到了，也更加的肯定自己。片中我所配過的台詞或是其他較經典的用語，我都能朗朗上口，即使在私底下與同學或家人有時都會在適合的情境下不自覺的說出片中的台詞。對英語也不再排斥了……
> （Participant18reflectionq4）

Cherry 代表了本教案成功的例子。事實上，她之前就是一位用功認真的學生，她唯一的障礙是無腳本英語溝通所帶來的壓力，她需要的是一個安全、舒適、她不需擔心沒面子的學習環境。電影配

音的學習方式有效幫助她消除緊張，而能成就重大突破。總而言之，除了容易緊張外，Cherry 可說是個理想學生，而當她的焦慮一旦被排除，就能突飛猛進。

二、Shane：「我上課不再打瞌睡了！」

Shane 是一位上課不喜歡聽課、而喜歡和同學聊天的學生。根據他的教學前問卷調查，他希望老師上課不要一直講課，頂多講一節課就好，其他時間可以做活動。他對話劇表演的接受度是零，也不大喜歡角色扮演，但對分組活動則有中等的接受度，可能是因為可以在互動中和同學聊天；他自認自己的用功程度為中等，口語能力也不佳，但他很喜歡英文電影，一個月看一或兩部。從 Shane 在教學前問卷調查的反應看來，他似乎是一位玩樂型、而非用功型的學生。

Shane 對電影配音活動的第一印象是新奇，如他所表示：「從沒有這種方式上課」（Participant19journal1q13）；然而，他對這門課的某些反應和其他學生不太一樣。例如，他能接受第一段配音段落的原因是：「很單純，小孩很可愛」（Participant19journal1q15）。在第一次配音，Shane 和其他學生一樣無法開口說英文，然而他不像他們一樣是因為緊張，而是覺得很怪，如他所說：「會覺得很奇怪，後來只好硬上，錄 4 次以後可以克服」（Participant19journal2q3）。在第一次配音之後，他的感想是：「上課有趣多了，但壓力也大多了」（Participant19 journal1q19），可見他很快能發覺配音的趣味性，

但他也感受到其中的壓力。他喜歡第二段配音音影片的原因也和其他學生不同，他寫到他喜歡的原因是「Ella 長大還真漂亮」（Participant19journal2q14）；對於第三段影片，他特別欣賞壞姐姐，表示她「夠惡毒，演得很壞」（Participant19journal3q15）；以上的原因都和語言學習沒什麼關聯。在教學後問卷調查，他表示使他喜歡這部影片的因素有女主角的美貌、有趣的劇情能吸引他的注意力、以及豐富的影音刺激；相對的，語言的內容和故事的啟發性對他則比較不重要。可見 Shane 喜歡的上課方式是輕鬆愉快而不無聊，與他在教學前問卷調查中所顯示的玩樂型個性互相吻合。

在配音的表現上，Shane 的發音清晰而正確，但速度偏慢，而且會忍不住笑場而沒有說出完整的句子。在第二次配音，他替生病的母親配音，必須以軟弱無力又緩慢的語調說話，恰好符合他的說話速度，所以他喜歡他的配音角色，寫道：「還不錯，因為 mother 生病時所念的句子比較慢」（Participant19journal2q9）。Shane 在第三次配音時表示說長句子有困難：「句子長的時候舌頭會打結，念不順暢」（Participant19journal3q11），也因此他必須反覆練習，最後他表現得還不錯，除了他的聲音太弱，沒有演出警衛命令式的聲調。他也因此體會到練習的重要，在整體心得中表示：「練習很重要」（Participant19journal3q16）。在第四次學生自選配音中，Shane 選了一個很難的角色：王子，台詞又長又快，但 Shane 進步很多，表現不錯。

Shane 的成長和他的組員有很大的關係。他曾經兩次提到他的組員非常熱心，如他敘述：

組員很熱心。（Participant19journal2q12）

有小組的互相幫忙，上課的時間變充實，也比較不會想睡覺。（Participant19reflectionq4）

根據 Shane 那一組的學習日誌，他們很合作、共事效率很高。他們彼此都很熟，是依照組員的英文能力來分配角色：程度弱的分到最簡單的角色；時間比較多或程度比較好的就拿比較難的角色。Shane 的能力在他那組算中等。為了節省時間，他們先各自在家練習發音，在課堂上則把握時間一起預演，第一次配音之前，他們總共預演了八次，而且還有五次是自己帶 MP3 或用手機錄下他們配音的聲音。

他們的努力並不代表他們特別有勇氣說英文；事實上，他們一開始非常不好意思說英文，在整組學習日誌中記載：「剛開始時常因為笑場而失敗，因為三人都很害羞不敢說，但隨著錄音次數的增加，三人也慢慢漸入佳境」（Group6 journal1）。縱然三人都會怯場，但他們互相扶持與幫助，到第三次配音時他們已經進步許多，如學習日誌上所寫：「默契已經非常良好、所以錄音過程也顯得輕鬆許多」（Group6journal3）。

Shane 覺得電影配音對他是有幫助的，他回憶：「藉由電影錄音練習的過程，我真的記住了一些單字，比以往死背的方式，效果好多了」（Participant19 reflectionq4）。

在本教案中，Shane 從一個喜歡輕鬆玩樂的學生轉變成和同學密切合作，且一起進步的學生。他很幸運能有兩位熱心的組員在配音的過程中一直支持他。以他的個性，他以前可能在課堂上時常打

瞌睡,因為他喜歡和同學聊天等有趣的事情,因此碰到他覺得無趣的課,他可能就會恍神,在他的學習日誌中才會有出現「也比較不會想睡覺」(Participant19reflectionq4)的字眼。在電影配音中,他和組員互動頻繁,也因此提高學習的樂趣與效率,他在整學期心得報告中提到:「所以我覺得語文要說得流利清楚,必須努力以外,加上環境的配合,相信可以事半功倍」(Participant19reflectionq4)。

在電影配音的環境中,因為要錄音的時間壓力,使 Shane 無暇和同學聊天,同儕之間的扶持與互動也使他不會覺得無聊或想睡覺,劇情的內容和聲光刺激使電影配音有趣許多,這些環境的營造,對於像 Shane 這種比較容易分心、缺乏自主學習能力的學生是很重要的。

三、Joanne:「我變得有興趣了!」

根據教學前問卷調查,Joanne 對英文學習沒有興趣。她自評用功程度中等,對英美文化的接受度也是中等,但特別的是,她不認為英文對她很重要,因此她對課堂活動如戲劇表演、角色扮演、和上台說英文一概不接受。然而,她卻對看英文電影表示高度的興趣,這點使得本教案有希望被她接受。

在第一節課的課程介紹之後,Joanne 對本教案的反應是負面的,她就是在前面提到那位認為電影配音很蠢的學生,這裡再重複一次她的說法:

這學期剛開學時，老師一上課便播放影片讓班上同學觀賞，當時感覺很新奇，老師居然不是發講義，然後沉悶地上起課。後來得知老師播放的影片是這學期的教材，上課內容為電影的片段，然後分組配音，覺得很反感，為什麼要做這麼蠢的行為……（Participant17reflectionq4）

由於缺乏興趣以及過去的學習經驗，Joanne 對這門課並沒有什麼期待。她對英文課的刻板印象就是紙本課本加上冗長的演講，經過課程介紹後，雖然本教案和她的預期不同，卻是由冗長變成愚蠢，並沒有好轉。

在之後的配音的過程中，Joanne 逐漸因為她的組員而改變。她的組員對她非常大方，因為她的英文能力較弱，每次都讓她先選角色，如她的心得所寫：「每次的配音我的組員們都讓我選擇，當然我總是選擇最簡單的部分」（Participant17 reflectionq4），因此，她對自己的配音角色都很滿意。另外，她的組員也在英文學習上互相幫助，在第三次配音時 Joanne 表示：「此段對我來說較多生字，所以我常詢問我的同伴，一起討論」（Participant17journal3q12）。

Joanne 在第一次配音中並沒有遇到困難，她寫道：「我的角色部分不算難，所以易上手」（Participant17journal1q11）；她也表示喜歡這段影片，而且感覺「發音有進步」（Participant17journal3q15&19）。雖然有這些有利的因素，她還是對電影配音沒興趣，但她承認學習動機有提高，她表示：「對配音來說，興趣不大，不過也因為要配音，須反覆練習，無形中學習動機也提高」（Participant17journal1q113）。也就是說，配音活動給她一個反覆練習的目標。

　　第二次配音　Joanne 也選了一個台詞較少的角色，她喜歡她的角色人物，因為「是個感覺粗線條的仙女」（Participant17journal2 q9）；她也喜歡這段影片，因為「內容逗趣」（Participant17journal2 q14）。然而，她面臨說話速度快的挑戰，她表示：「Mandy 說話速度過快，總是無法跟上」（Participant17journal2q11）。到第二次配音結束，她的心得是：「還是不喜歡配音」（Participant17journal2q16）。

　　在前三次配音中，Joanne 最喜歡第三次配音，她解釋道：「這段的劇情有生氣、緊張、歡笑，整體來說算是最生動的地方了」（Participant17reflectionq4）。第四次，也就是學生自選配音片段的活動，Joanne 選了一個比較難的角色，她的解釋如下：

　　　　在第四次配音時，我覺得經過了幾次的練習，我應該可以挑戰難一點的了，加上老師有教過，所以我們選擇第七段的部分，而我擔任 Ella 的角色，雖然配音過程沒有組員表現得好，但是也算是自己的一個突破。（Participant17reflectionq4）

　　由以上可見，在四次的配音活動中，Joanne 從簡單、能勝任的角色開始，到最後自願挑戰困難的角色而突破自我；她的態度在這個過程中也產生變化，她在整學期心得報告中回憶如下：

　　　　幾次的配音後，發現對英文似乎沒〔再〕這麼害怕開口，一開始只是為了老師的要求而念，漸漸的開始會融入劇情，玩了起來。原來，上英文課也可以這麼開心有趣。
　　　　（Participant17reflectionq4）

在本教案初期，Joanne 覺得電影配音是很愚蠢的事，到最後她覺得開心有趣。有幾個因素造成她的轉變：第一，也可能是最重要的因素，是她的組員給她的支持，尤其讓她先選擇配音的角色。如果他們是用抽籤決定角色，Joanne 就可能抽到太難的角色，結果產生更多負面的感受；由於組員的體貼與友善，Joanne 得以在輕鬆的方式下嘗試新的學習活動。另外一個因素是這部影片對她的吸引；Joanne 喜歡這部影片的劇情，也欣賞劇中人物的個性，因此比較容易在配音中融入劇情，享受樂趣。最後一個因素是她願意冒險突破自我；縱然她可以選最簡單的角色，但她並沒有畫地自限。當她得到安全感以後，她願意跨出一步，這種學習態度使她最後在語言技巧及學習興趣上都有長足的進步。

四、Vincent：「我找到了！」

Vincent 在本研究的試驗性研究及本教案實施期間是該校語言中心的工讀生；該校語言中心通常會雇用英文程度較好的工讀生，因為這個職位有時候需要和外籍老師溝通，也就是說，Vincent 的英文口語能力在該校是在中上程度，而且已經有許多和外籍老師談話的經驗。因此，在教學前問卷調查中可以發現他對開口說英文很有信心，是少數願意上台說英文的參與學生；他認為英文對他很重要，對英美文化的接受度很高，也喜歡看英文電影；但是，他不認為自己很用功學英文。

　　Vincent 在學習日誌中表示他對電影配音很有興趣，也很看重觀察母語人士彼此溝通的機會，他寫道：「……並了解老外的對話模式和習慣」（Participant09 journal1q19）；他也很注意演員在說話時的肢體動作，例如，他對自己的配音角色的演員評語是：「演技生動，對話雖不多，但是肢體表〔達〕生動足以代表對話」（Participant 09journal1q16）。藉著這種觀察的機會，Vincent 矯正自己的發音，花很多時間在練習上。第一次配音活動後他表示這次活動對他的意義是「訓練咬字發音，發音速度的快慢清晰……」（Participant09 journal1q19）。

　　Vincent 的發音雖然流利，也善於表達誇張的語調及各種聲音情感，美中不足的是他的正確度及清晰度還有待加強。從他的配音表現中，會發現在一長串句子中念錯一、二個簡單的字，而且有些音節發音不清楚。顯然他有注意到自己這方面的問題，因此在本教案的過程中他一直很努力地改善自己的發音。

　　Vincent 和其他學生不同的是他務實的學習態度。當大部分學生都提到這部影片劇情很有趣、很欣賞某個角色的個性等，Vincent 在他的學習日誌幾乎只談論發音；例如，在第二次配音，他滿意他的配音角色的原因是「難易適中，句子長短夠自己發揮咬字」（Participant09journal2q9），也就是說，他對影片及自己配音角色的感受是決定於他在配音中的成就感。問到最喜歡這段影片的哪一個人物，他寫道：「mother，因為自己配音配〔得〕好」（Participant09 journal2q15）。此外，他喜歡這段影片的原因是「對話速度讓我聽起來清楚，不會因為太快而聽不清」（Participant09 journal2q14）。

最後他對第二次配音的整體心得是感覺他自己「咬字、口語更清晰」。

事實上，Vincent 在本教案中是個落單的學生，因為他的兩位組員對這門課既沒興趣也不認真。在分組練習時，筆者經常發現他獨自一人在座位上很認真地練習，他的兩位組員不是缺席就是坐在後面，有時候筆者會鼓勵他的組員和他一起練習，但就算他們坐在一起，三人之間也沒什麼互動。後來筆者發現他的一位組員對英文興趣缺缺；另一位則忙於工作，但 Vincent 還是在學習日誌上記載他們之間「互動良好，相互指導互相協助」（Participant09 journal2q12）。他的配音表現，比另外二位組員好很多，感覺上他似乎不大在意旁人，能夠自動自發學習。

Vincent 認為用電影配音學英文效果很好，他在學期末時回顧如下：

> 從未有老師用電影配音的方式上課，而這學期的體驗讓我從〔配音〕中瞭解自己在說英文時不足的地方，例如：口音、咬字、速度、流暢性，這些方面我認為還有些〔微〕的不足。（Participant09 reflectionq4）

可見 Vincent 是個相當有自我省思能力的學生。除了發音以外，Vincent 也表示在字彙學習上有所進步，他解釋如下：

> 在單字方面我覺得我從配音中很容易學習與瞭解，讓我在單字中容易學習，不〔再〕像以前用手寫一百遍一個單字還背

> 不起來，一小時才 5～6 個單字，從配音學單字讓我覺得非
> 常容易，以後我自己還是會用相同的方式去背單字的。
> （Participant09 reflectionq4）

由以上所述可以發現 Vincent 以前學英文學得很辛苦，他用了
效率低的方式，因而進步緩慢。從電影配音他找到一種新的方式，
他覺得效果比較好。因此他覺得很開心，他還表示如下：

> 感謝老師這學〔期〕的另類教學讓我收穫無窮，老師的教學
> 讓我體會學英文新方法，這讓我對英文不〔再〕退卻，而且
> 對我的發音還有一定的訓練，這學期的英文聽講訓練對我來
> 說真的是非常〔寶〕貴的意見。（Participant09 reflectionq4）

在本教案進行的過程中，Vincent 和影片的互動比和他的組員
互動超出許多，但是，缺乏同儕支持並沒有降低他的學習動機。由
於他對英文重要性的體認以及對英美文化的高度接受，他已經發展
出自主學習能力，成為獨立的學習者。過去，他的學習方式使他事
倍功半；如今，他找到適合他的有效方式：電影配音。

五、Ian & James：「我不喜歡！」

在此將 Ian 和 James 二人放在一起報告的原因有二：一是這兩
位學生是在本教案中唯二從頭到尾持負面感受的學生；二是他們並

未繳交所有的學習日誌和心得報告，資料不全，因此合併在一起報導。事實上，他們正是前面所說 Vincent 的兩位組員。

Ian 交的資料是教學前問卷調查、第一次和第三次配音學習日誌，缺了第二次配音學習日誌和整學期心得報告。雖然資料不全，但仍然可以從中發現他對本教案的漠然態度。在教學前問卷調查，他的反應傾向兩極化；例如，他認為英文的重要性是滿分 10 分，但是他自評對英文的興趣、用功程度、以及對英美文化的接受度都是 0 分；他對英文電影的興趣也是滿分 10 分，但他表示偏好以恐怖片當作教材。在課堂活動方面，他對戲劇表演、角色扮演、以及上台說英文的接受度都是 0 分；但是對分組活動則有中等的接受度，可見他不排斥和同學互動。

在第一次配音的學習日誌中，Ian 表示他喜歡這電影片，因為「有趣」（Participant25journal1q15）；最喜歡的角色是爸爸，因為「沒對話」（Participant25 journal1q16）；在這次配音遇到的困難是「單字不會」（Participant25journal1q14）。他的配音表現中出現嚴重的發音錯誤，包括困難的單字如 squirrel 以及簡單的單字如 where，感覺上並沒有經過認真的練習。最後，他表示對這次配音活動的整體感受是「沒感覺」（Participant25journal1q19）。

Ian 的漠然態度持續到第三次配音。問到他對自己配音角色的感受，他的答覆是「談不上喜歡」（Participant25journal3q9）；問到最喜歡影片中的哪一個角色以及這次配音學到甚麼，他的答覆都是「沒有」；他唯一比較明確的答覆是「這段影片長度適中」（Participant25journal3q14）。由於 Ian 沒有交整學期心得報告，因此無法得知他的整體感想。

　　整體而言，在本教案的整個過程中，Ian 一直表現一種疏離、學習動機低落的態度，在這之前他對英語學習沒有興趣；經過本教案之後，他依然沒有興趣，因此，本教案對他可說並沒有產生影響。

　　James 是 Ian 的同組組員，對本教案也抱持類似的負面態度。他沒有交教學前問卷調查，因此無法得知他的學習態度等個人資料。他只有交第一次學習日誌和整學期心得報告。在第一次學習日誌中，他的回應有許多「不知道」和「沒感覺」等字眼。例如，談到他對第一次配音活動的整體感受，他表示「沒感覺」（Participant24 journal1q19）；而問到最喜歡本片段中哪一個角色，他選擇其中的小嬰孩，原因是「不用說話」（Participant24journal1q16），顯示和 Ian 一樣不情願的學習態度。

　　James 對本教案除了疏離的態度，還有排斥的感受。根據他的整學期心得報告，他排斥的第一個原因是他白天忙於工作，因此他表達他的抱怨如下：

> 對於每次上課都要配音實在很感冒，大家實在沒時間練習，白天要上班晚上要上課，有的同學星期六日還要上班，哪有時間練習，或許有的老師可以說得很輕鬆學生就該以課業為重，但如果要我們放棄事業又哪來的錢繳學費ㄌ，就是為了生計我們才讀夜間部阿，雖然有的同學星期六日有放假不用上班，但也不可能把時間花在這上面阿，難道有人都沒有自己該做的事ㄇ，我今年 30 歲要讀書又要養家活口，希望老師能體諒我們的壓力，有的同學還要養小孩……
>
> （Participant24reflectionq4）

可見 James 感覺自己生活壓力很大，無法在課後還要花時間。第二個原因是他認為本教案的教學方式是沒有用的；他表示：「其實說這些對我們助益不大，因為我們都要畢業了」（Participant24 reflectionq4）。他因為畢業在即，已經不願花心力在學校學習上，而希望以比較輕鬆的方式度過最後一學期，所以他表示：「如果是唱英文歌的方〔式〕或許大家接受度會比較高」。第三個原因是他不喜歡成為被研究的對象，他表示：「……每次上課都把時間花在配音，幾乎就等於隨堂考一樣，會讓我覺得壓力很大，而且覺得自己像是白老鼠感覺很差」（Participant24 reflectionq4）。在學期一開始，筆者即宣布本教案為研究性質，而不願意參加者可以退出，也就是不必繳交學習日誌等資料，並且分數不會受影響，在當時 James 並沒有退出，但他其實並不情願參加。James 的心得報告不但提到自己的壓力，也不斷提到班上同學和他是同樣的景況，而且暗示其他同學的心得報告有隱瞞之虞，他寫道：「相信這些話都不是老師您愛聽的，不過如果我就寫些官方說法式的心得感言老師您也看〔得〕煩吧，還請老師指教了」（Participant24 reflectionq4）。他的官方說法指的應該是其他大部分同學所寫的心得，也就是他們並沒有把真正的感受寫出來，至於事實是否如此，由於的確沒有學生表達和他類似的不滿，因此無法得知真相。

James 在配音的表現很像 Ian。他時常出現發音錯誤的情形，並且缺乏感情的投入。事實上，他和 Ian 的英文發音並不差，尤其沒有一般學生常見且難以矯正的台語腔，如果他們願意花時間和心力學習，並改正發音錯誤的情形，他們的口語表現可以再進步許

多。很不幸的，由於他們的學習動機低落，因此本教案在他們的英語學習上並沒有產生明顯的影響。

　　以上六位學生各自經歷了不同的學習經驗，也表現不同的反應。前四位學生分別克服了說英文的焦慮、上課比較專注、學習興趣提高、以及找到更好的學習方式；後二位雖然自始至終抱持疏離及排斥的態度，但仍值得探討研究。

第五章　討論

　　本章主要以實境學習理論的觀點深入討論前一章所得到的研究結果，討論的架構分成四部分：首先根據第一章所提出的三個研究問題逐一回答，然後討論研究結果中的二種極端例子，接著探討在英語口語訓練課室實施認知學徒學習的必備條件，最後嘗試根據結果將認知學徒學習的理論加以調整而成為適合英語外語教學的理論。

　　以下依照本研究三個研究問題順序逐一回答，每個問題的回答先探討全部參與學生，然後再就六個學生個案綜合討論。這三個研究問題重複如下：

1. 以電影欣賞作為觀摩英語口語溝通典範的過程如何影響學生的英語學習經驗？（How are the participants' language learning experiences shaped in the process of film viewing as the observation of expertise-in-use for English oral communication?）

2. 以電影配音活動作為英語口語溝通實作練習的過程如何影響學生的英語學習經驗？（How are the participants' language learning experiences shaped in the process of film dubbing as practice for English oral communication?）

3. 電影片段的言辭（linguistic）特色及非言辭（nonlinguistic）
   特色如何影響學生在電影配音中的表現？（How do the
   participants' performances in the film dubbing tasks relate to
   the linguistic and nonlinguistic characteristics of the film clips?）

第一節　研究問題 1：以電影欣賞作為觀摩英語口語溝通典範的過程如何影響學生的英語學習經驗？

一、全體參與學生（The Participants as a Whole）

在本教案中，參與學生得以近距離觀看英語母語人士是如何用英語來滿足他們的溝通需要，對大部分學生而言是很新鮮的經驗，其中有兩個因素是促成學生此種經驗的關鍵。以下分別敘述之。

（一）影音科技（Audio-visual Technology）

在本教案中學生對母語人士的觀察是透過影音科技。根據學生們的說法，他們以前上英文課從來沒有用電影當教材；也就是說，他們幾乎沒有機會在英文課堂上仔細觀摩專家的技術。在本教案中，學生對電影中的發音、語調、臉部表情、和說話速度等都感到新奇，而觀察這些口語技巧對學生的英語學習有很大的影響，例

如，有的學生因為喜歡某個角色誇張的語調和感情而想替該角色配音。換句話說，影音技術所呈現的口語溝通情境讓學生們對真實口語對話有概念，知道英語在實際溝通中是如何被運用。

其實，在台灣的學校英語教育，影片極少被納入教材，學生也很少有機會在開口說英文之前有觀摩或觀察的機會。典型的聽講及會話課本多半由紙本課本與 CD 組成，即使 CD 中的對話是由母語人士錄製，但通常是以教學目的為主，因而速度減慢，發音過度強調咬字清晰而不自然，與他們在日常生活中的對話方式相差許多。電影中的對話則較接近日常生活一般的說話方式，透過影音的呈現，學生較能建立母語人士如何用英語交談的實際概念。

除此之外，影音技術呈現對話的週遭環境，包括實物和社會環境，能帶動學生的情感與感官，進而改變他們對英語學習的態度。藉著完整周遭視聽環境的呈現，劇情變得比較清晰易懂，也比較能吸引學生。一個精采絕倫的故事，若只是以書本呈現，那些語文能力不足，單字量較少的學習者就無法欣賞其中奧妙；影音的呈現把故事具象化，立體化，比較容易瞭解，也比較能吸引學生的注意力，因此提高語言學習的興趣與效率。此外，學生可能對劇中的人物產生認同感，因而對語言學習產生正面的情意因素。Tschirner（2001, p.317）指出，視覺和聽覺是很具體且有整體性的知覺，而且和情感（emotion）密不可分。雖然這些參與學生平日並沒有機會時常和英語母語人士接觸，後者對前者而言是一種想像社群（imagined community）（Anderson, 1998; Kanno & Norton, 2003），然而藉著電影的故事及人物，學生們可以接觸到這個社群的活動、資訊、以及

成員；根據 Lave 和 Wenger（1991），這種接觸是日後發展能力以加入該社群的必要條件。

（二）故事情節有助於語言記憶
（Context-dependent Memory & the Story of the Film）

在前一章有學生提到用電影學英文比較容易記住單字和句子，其中的原因和電影欣賞及電影配音都有關係。本節先探討與電影欣賞有關的因素，稍後再討論與電影配音相關的因素。學生所提到與電影本身有關的原因可歸納為：（1）情節有趣；（2）演員聲音情感豐富；以及（3）多樣化的影像情境。這些因素串連起來只有一個因素：電影的故事本質。學生們覺得情節有趣是因為電影訴說了一個精彩的故事；演員的聲音感情則是因應劇情所安排的人際互動而必須表現出來；而影像情境更是依故事內容而設計。故事中的場景、實物、動作、及互動等非言辭因素構成社會及實體環境，有助於說明故事中所使用的言辭。故事的內容蘊含了各種訊息、情感、價值觀、信仰、及美學等，形成豐富的意義情境（context of meaning）（Bloom, 1992），這些因素都可能作為「情境標籤」（context marker）（p. 188），與某個意義連結。根據 Bloom（1992），情境（context）足以決定意義（meaning）；Gee（1997）也指出，意義的建構（the construction of meaning）與特定、具體的情境和目的密不可分。因此，故事所提供的豐富情境有助於建構語言的意義，對語言學習是有助益的。人類的記憶是以情境為根基（Brown, Collins, and Duguid, 1989），因此，故事中的情境不但有助於了解語

言的意義，還有助於語言記憶。總而言之，以影片呈現的故事幫助學習者將語言的意義和語言被使用的環境與活動聯想在一起，進而儲存在記憶中。

在實境學習理論（situated learning theory）中，故事對於意義的社會建構（social construction of meaning）具有重要性。Vygotsky的學習理論也指出，所有的知識皆是先存在於社會的層面（social plane），才被吸收到個人的層面（individual plane）（Wertsch, 1985）。語言的知識主要被運用於社交目的，因此人際互動是必備的語言學習環境。在電影的故事中，語言即是被用於社交目的，因此學習者可以藉著觀察影片中的人際互動而瞭解語言的意義。Brown、Collins、和Duguid（1989）倡導在日常生活的溝通情境中學習語言，才能藉著週遭非言辭因素來分辨語意中的模稜兩可（ambiguity）、一詞多義（polysemy）、細微差別（nuance）、以及隱喻（metaphor）等情形。由於電影中的對話是一貫、有目的、有意義的，因此會有所謂「社會指示」（social signifying practice）的現象，而且使得臉部表情、肢體動作、聲音情感、及社交氛圍的發生與存在有正當性（Atkinson, 2002, p. 531）。因此，故事也是實境學習理論（situated learning theory）的重要組成因素之一，被公認是幫助記憶的「專門系統」（expert system）（Bateson, 1994; Brown, 1989; McLellan, 1996）。

事實上，在現今主流的溝通式教學法（Communicative Language Teaching, CLT）中，以社交目的為主的語言使用也是重要的一環。Hymes（1974）就曾經把溝通能力（communicative competence）定義為「在社會生活中與他人進行可理解、適當、且有效的溝通所需

具備的知識與技巧」（the content of knowledge and skill required in order to participate with others communicatively in social life in ways that are not only intelligible but appropriate and effective）（Erickson, 1991, p. 343），也就是說，Hymes 認為語言學習的終極目標是要參與具有社交目的的溝通，不過，在 Hymes 的定義中，社交互動似乎是語言學習的終端產物（product），而實境學習理論則視社交互動為學習的必經過程（process）。

　　大部分以語言範例（language samples）為主的教科書大多缺乏具有故事性的內容。因為這類課本的編排多半以主題（topic）為主，目標在於提供與各主題相關的用語，而非像 Hymes 所說以人際互動的為主。這類的對話缺乏 Erickson（1991, p. 341）所說的社交目的（social aims）、人際關係（social relations）、以及真實的互動行為（actual behaviors of interaction），這些都是了解語言的社會意義和隱喻意義所不可缺的。若是沒有社會情境，學生不知道對話的目的和意義，就比較沒有動機瞭解當中的內容；少了故事的架構作為記憶的「專門系統」（expert system），學生也比較不容易記住當中的語句。

　　總括而言，藉著電影欣賞，學生得以接觸英語母語使用人士的世界及英語如何被用做溝通工具，而非學習抽象的概念。電影彌補了外語學習不易接觸該語言社群的缺點，就像 Tschirner（2001, p. 305）所說，藉著數位影音技術，外語教室的教學與學習可以趨近第二語言（居住在該語言環境）的教學與學習。

二、六個學生個案綜合討論（The Focused Cases）

（一）觀察英語口語技巧
（Observation of English Oral Communication）

在六個學生當中，Vincent 特別注意到 Collins、Brown、和
Newman（1989）提出的標的技術觀摩（observation of the target task
or process），也就是觀摩英語母語人士的口語能力。他在本教案之
前就對說英文有興趣、也常練習，但是他一直沒有真正接觸母語人
士之間的實際對話，也就是說，在他學習英語的過程中，他少了認
知學徒學習法中的第一個階段：觀摩（observation），而直接進入
第二個階段：練習（practice）。因為沒有專家技術的對照比較，
Vincent 一直沒發覺自己說英文的問題，直到在本教案中他才有機
會仔細觀察影片中演員的口語能力。他利用這種新的學習方式，藉
著電影的影音技術，看著演員來修正自己的錯誤。他對演員快速而
清晰的發音留下深刻印象，以此為改善自己口語能力的目標。所
以，經過觀摩的階段之後，Vincent 的練習階段變得有目標、也更
有效率。

Vincent 的故事說明了在英語外語學習上觀摩（observation）階
段的重要性以及對學習者自我省思（reflection）的影響（Collins &
Brown, 1988）。由於缺乏機會接觸實境專家示範（situated
modeling），Vincent 沒有在腦海中建立起概念性的模型（conceptual

model），也因此缺乏「前導組織工具」（advanced organizer），而無法藉以自我督察及自我修正（Collins, Brown, & Newman, 1989）。Collins、Brown、和 Newman（1989, p. 456）把自我省思（reflection）詮釋為學習者展現在微觀及綜觀的層面上將自己的表現和專家的表現做比較的能力之過程（the process that underlies the ability of learners to compare their own performance at both micro and macro levels, to the performance of an expert）。這種比較可以幫助學習者診斷困難並調整他們的表現，若是少了這種觀摩機會及伴隨的自我省思，而直接去進行練習，有可能犯錯而不自知，甚至養成錯誤習慣而難以修正。

（二）觀察英語口語技巧的社會情境（The Observation of Social Context of English Oral Communication）

Vincent 所注重的是前面第二章所提到的第一種觀察；而 Cherry、Joanne、和 Shane 則是注重第二種觀察，也就是電影劇情中所包含的英語口語技巧的社會情境。電影「麻辣公主」（Ella Enchanted）的趣味性情節以不同的方式改變了這三位學生的學習態度：首先，Cherry 雖然本身的英語發音不錯，但卻對開口說英文有高度焦慮，她的過去學習經驗使她對英文課的預期就是會讓她感覺丟臉、沒面子（face-threatening），然而，本教案的電影配音活動改變了她的這種預期，主要原因是輕鬆有趣的故事內容使她深受吸引，而且對劇中人物產生同理心，也就是說，是這部電影中的社會互動所交織出來的情境破除了她的焦慮。當她得以觀察英語在社交

目的的前提下被使用為溝通工具，她所經歷的是友善、不失面子的學習環境，因此改變她原本高度焦慮的學習態度。

Joanne 則是在不同的方面受惠於電影中的社會情境。起初，她因為不認為英文對她很重要而對英語口語活動及分組活動的參與意願都很低，在教學前問卷調查中，她除了喜歡看英文電影之外，對英文學習均表現負面的態度。過去的經驗也使她認為英文課的形式就是冗長、無趣的演講。在本教案中電影配音活動帶給她不同的上課方式，影片中的社會環境所營造出的劇情使她覺得很有趣，也使電影配音帶給她輕鬆又有娛樂性的學習活動，使她的學習態度從沒興趣到有興趣。

對於 Shane 而言，以他以往的散漫與不專心，他在本教案也有可能呈現相同的學習態度，他和 Joanne 一樣都不喜歡演講的上課方式。在本教案中，Shane 的轉變部分原因是因為影片中的視覺享受（可愛的嬰孩、美麗的女主角等）吸引他的注意，這些視覺刺激也是影片中口語溝通的社會情境所產生的結果，因而符合 Shane 喜歡輕鬆玩樂的個性，使他對英文課從不專心到專心。

Collins、Brown、和 Newman（1989）提到觀察標的技術之社會情境的用意是使學習者能接觸到實境專家示範（expertise-in-use）、多位專家、以及他們不同的專業技術，但在本教案中，從 Cherry、Joanne、和 Shane 身上可以發現這種觀察還有一個重要的功能：改變學生的學習態度。根據 Zimbardo 和 Leippe（1991），態度會影響實境學習活動，因為態度是學習的先決條件。Cherry、Joanne、和 Shane 的態度改變主要是學習興趣與動機的提升，他們的共同點是過去的英語學習經驗都是不愉快的，不是壓力太大就是

枯燥無味。雖然學習有時候的確無法和玩樂一般有趣,但 Gee(2004, p. 71)指出,對人類而言,真實的學習經常是愉快的、而且是玩耍的形式,這個原則時常被學校排除在外。從 Cherry、Joanne、和 Shane 身上可以發現學習的確可以是快樂的。

以上四位學生的學習經驗顯示電影欣賞能夠引發實境學習的兩種觀摩。Vincent 藉這觀摩標的技術而修正自己的發音問題;Cherry、Joanne、和 Shane 則藉著觀察標的技術的社會情境而看到在社會互動中,英語成為溝通中的實境行動(situated action),而非他們需要死背的文字,因而提高學習的意願。由此可見觀摩(observation)的重要,它可以幫助提升學習者的學習動機、語言知識、和語言技巧。

Ian 和 James 並不像大部分其他同學般在本教案中得到樂趣與進步。雖然 Ian 同意影片很有趣,但並沒因此改變他的學習態度。Ian 和其他學生有一個很大的不同點:他是唯一在教學前問卷中表示對英美文化的接受度是零的參與學生,這種排斥的態度對他的學習態度有很大的影響,也難怪他自評自己英文程度為零,在本教案中即使他有機會藉由影片進行觀察,他的排斥態度使他仍然不想解決這個問題,也不願意花時間和心力在電影配音上。James 則把心思放在工作及其他英文學習以外的事情上,因此也缺乏意願瞭解影片中的內容。這兩位學生的共同點是由於學習動機低而不願意去仔細觀察影片中的口語技巧及社會情境。

第二節　研究問題 2：
以電影配音活動作為英語口語溝通實作練習的過程如何影響學生的英語學習經驗？

一、全體參與學生（The Participants as a Whole）

電影配音讓參與學生實際練習他們在影片觀賞所學到的語言知識，學生這方面的學習經驗可從六方面來探討，分別是影片所提供的輔助工具（Scaffolds from the video）、教師的指導與訓練（Instruction and coaching from the instructor）、缺乏自主學習的能力（lack of learning autonomy）、有意義的反覆練習（meaningful goal for repetitive practices）、認知學徒式學習（cognitive apprenticeship）、以及反思（reflection）。

（一）影片所提供的輔助工具（Scaffolds from the Video）

在電影配音時，影片在兩方面給予學生輔助工具：一是螢幕上的英文字幕，使學生不須事先背台詞，他們可以藉由字幕的提示說出台詞，並與演員對嘴。就像試驗性研究的發現，字幕是吸引學生注意影片畫面的重要因素，而且在看著字幕一直重複練習中，學生最後多半能把台詞背起來。

另一個輔助工具是配音時無聲的影片，能讓學生跟著影片內容說話就可以，不必實際演出動作及表情，因而降低學習負擔和焦慮

程度。也就是說，在一段英語對話中，學生只擔負部分的責任，他們只提供聲音，不須上台把整個劇情表演出來，也因此在本教案中雖然大部分學生剛開始會因為緊張或不習慣而不敢開口配音，但後來皆能克服，另一方面是因為有影片中演員為前導，而且他們可以在自己的座位上進行，這種不損及面子（non face-threatening）的安全環境使學生在沒有太大心理壓力下開口練習英文，而且後來能幫助他們減低對說英文的恐懼（Burston, 2005）。影片還提供學生持續的實境專業典範（situated modeling），在配音活動中，學生一直可以看到演員的演出，可以觀摩他們的肢體動作和口語能力，藉此模仿與修正。此外，在配音中學生必須隨時注意劇情的進展，因而會注意到影片中的場景、人物、動作、等非言辭因素，包括社會環境及實體環境，也會注意到劇中人物的社會關係及互動，包括他們的情感及情緒，能夠藉此融入劇情，感同身受，彷彿他們真的參與對話一般，整個影片的時空情境能帶給學生臨場感，於是學生對這些對話的學習知覺得以植基在整個社會環境、實體環境、情感、價值觀等；也就是說，有許多 Bloom（1992）提到的「情境標籤」（context markers）幫助學生明白語言並記住的語言的意義。

（二）教師的指導與訓練（Instruction and Coaching from the Instructor）

在配音活動中，螢幕上的演員雖然扮演了專家的角色，提供典範讓學生模仿及學習，但他們只存在影片中，無法真正和學生互動，因此，在觀摩的階段後，指導及訓練的工作必須由教室內的教

師來執行。教師對學生的指導與訓練可分為兩部分，一是帶著全體學生朗讀對白，老師用比較慢的速度和清楚的發音來示範單字和句子的發音，幫助學生注意發音的正確度和句子的語調節奏等；另一方面則是暫停影片幫助學生一句一句模仿演員的說話語氣，這種立即的模仿目的在使學生熟悉演員的說話速度、語調、及感情等聲音特質。這種指導與訓練對初階學習者很重要，能幫助他們順利完成配音的任務。

（三）缺乏自主學習的能力（Lack of Learning Autonomy）

如前所述，參與學生在第四次、也就是學生自選電影配音活動中表現欠佳，反映他們尚未具備自主學習的能力，這點可從四方面來探究。首先是遲遲未決定好要配音的影片段落。在前面三次配音活動，影片內容都是老師選的，他們不論喜不喜歡都得照單全收，到第四次他們終於有機會自己做選擇，但他們似乎不怎麼感興趣。他們大部分遲遲未決定想要配音的片段，以致於錯失能夠提早練習的時間。到最後關頭，很多組就選擇一段方便的影片，也就是老師有教過、他們不須花很多時間準備的段落。

另一方面，他們似乎也缺乏選擇配音影片段落的能力。他們所提出選擇的原因都只有單一因素（參見 109 頁），可見他們並未多方考量該段落的各種特性，如前面第二章所提 Stempleski（1992）和 Rubin（1995）主張的選片原則，因此有的組選到大部分對白句子太長、說話速度太快的段落，以致於跟不上；有的組選到聲音情感激動，如哭泣、哽咽等，卻沒有在配音把它表現出來。可見他們還無法獨立學習，不能自己選擇教材。

　　還有一個學生無法自主學習的原因可能是工作忙碌。由於大部分學生白天必須上班，不易找到時間來準備配音，雖然配音的對白講解錄製成聲音檔供他們自己聽，但未必每個學生都會真的找時間仔細聽。此外，他們分散住在各地，可能也不容易聚在一起練習。縱然有這些困難，還是有學生報告他們把配音段落的聲音檔節錄下來，連同文字稿帶到工作場所，有空就拿出來練習，可見有心學習的學生還是會想辦法克服困難的。

　　最後一個原因是在練習中缺乏指導與輔助工具。由於在課堂上只有老師的電腦可以放影片，因此必須輪流播放各組的自選影片，造成每組看自己影片練習的時間大幅減少，除非他們在課餘時間有自己看影片練習，否則很難光靠課堂上的影片觀賞而記住當中的語言速度及聲調等。這個問題在前三次配音並沒發生，因為大家都配一樣的段落。另外，學生從老師所得到的指導與訓練也比較少，因為老師也必須輪流帶各組朗讀對白，因此相對的每組能練習的時間也減少。整體而言，學生這次配音所得到的外在輔助工具相較於前三次配音活動少很多，加上他們的英文能力和時間有限，所以最後表現比前三次差很多。

（四）有目標的重複練習
（Meaning Goal for Repetitive Practices）

　　實境學習理論強調多重練習，McLellan（1996, p.11）指出，在多重練習中，學生得以磨練技巧，熟悉如何運用技術，最終得以根深蒂固，且在適當的情境可以自動使用。在本教案中，學生很珍惜

課堂上練習的機會，因為過去他們很少有此機會，唯一的練習只有跟著老師念課本，無法真正加深他們的印象。

重複念課本對許多學生而言可能很無趣，尤其是缺乏動機與興趣的低成就學生；另一方面，重複模仿母語人士的語調和說話目的也可能是無意義的，但在本教案中學生在重複練習的過程中並不無聊，而且還認為可以學到英文，其中原因則是他們的重複練習有電影配音做為有意義的目標，而且這個目標對他們是有趣的、做得到的、以及有挑戰性的。剛開始接觸時有的學生覺得電影配音很愚蠢、很奇怪、也很難，之後他們在試著達到配音的目標過程中逐漸發現其中的樂趣；有的人喜歡模仿誇張的聲調、有的人喜歡演壞人、有的人喜歡和組員合作學習、有的人在練習簡單的角色中得到安全感、也有的人在挑戰艱難的角色中得到成就感。這些感覺是重複念課本無法達到的，而電影配音提供一個有意義、且有助於提高動機的目標讓學生重複練習，也因此學生自認學習效果良好。

以上的研究結果指出模仿（imitation）對初階英語學習者而言可以是有意義、而且對口語能力有幫助。就像 Vygotsky（1987, p. 211）所說，以合作和模仿為基礎的發展是人類自孩童時期發展意識（consciousness）特質的來源。Thorne（2005）也指出成人在語言學習上的模仿不必侷限於只是重複別人說的話，而是有目標的認知活動（cognitive activity），並且有助於發展語言能力。

（五）認知學徒學習（Cognitive Apprenticeship）

　　電影配音的教學設計是以認知學徒學習法（cognitive apprenticeship）為主軸。認知學徒學習的重點是藉著觀察在真實情境中被使用的知識及有輔助工具（scaffolds）的實作練習來促進學習，至終能在現實生活情境中自主運用知識（spontaneous use of knowledge）（Brown, Collins, & Duguid, 1989），如圖 2 所示。在本教案中，學生觀察影片中的口語溝通，以電影配音實作練習，其中有字幕及影片為輔助工具，他們並非事先自己死背對白，而是藉著配音活動的輔助至終熟悉影片中的口語溝通。

EFL practice according to cognitive apprenticeship:

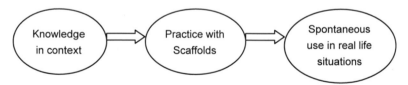

EFL practice in conventional classroom speaking activities:

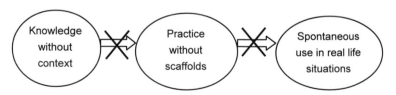

圖 2　以實境學習理論為基礎的 EFL 口語練習與
傳統 EFL 會話教科書的比較

144

　　以傳統的英語外語（EFL）的教材並不容易執行認知學徒學習（cognitive apprenticeship），因為這類教材大多沒有配搭的視訊內容，以致於學生無法觀察到對話的社會與實體環境。此外，這類教材的課堂活動多半是無劇本角色扮演或小組討論，學生必須即席演說英語，缺乏輔助工具（scaffolds），對口語能力中等以上、具有信心說英文的學生或許可行；對初階學習者而言則在能力上及心理上都造成壓力。因此，要在教室實現認知學徒學習（cognitive apprenticeship），影音情境對話及有輔助工具的實作練習是必要條件。

　　本教案嘗試符合在第二章 Norman（1993）所提出進行實境學習的各項指導原則：第一是高度的互動與回饋（high intensity of interaction and feedback）；在電影配音活動中，學生們和影片及彼此之間都有緊密的互動，他們可以和片中的演員做比較，也可以從彼此的切磋知道自己表現的優缺點。第二是清楚的目標和明確的步驟（specific goals and established procedures）；電影配音使得原本枯燥無味的重複練習有了趣味性的目標，而且影片教學及配音練習的步驟也是精心策劃。第三是動機（motivation）；電影配音的趣味性及挑戰性有效地提高學生的學習興趣和動機。第四是持續的挑戰（continual feeling of challenge）；電影配音提供十足的挑戰，單是說話速度就可能造成相當高的難度，學生必須持續不斷地練習與嘗試才能完成任務。而且每個影片人物的對白難度不同，學生可以依自己的程度選擇適當的挑戰。第五個原則是直接參與感（a sense of direct engagement）；在電影配音中，雖然學生不是真正使用英語來溝通，但是對上為具備足夠口語能力的學習者，電影配音提供一種身歷其境的臨場感，學生必須配合劇情的節奏為劇中人物發聲，因

此會感覺自己彷彿是當事人而非旁觀者。最後一個原則是避免干擾主觀學習經驗的事物（to avoid distractions and disruptions that intervene and destroy the subjective experience）；電影配音活動主要的目的是語言學習，因此學生不須做後製作業把他們的錄音檔和影片剪輯在一起，避免浪費時間在與語言學習無關的電腦操作。就以上原則來看，電影配音活動可視為實現認知學徒學習的一種方式。

（六）省思（Reflection）

在本教案中，學生在三方面得以對自己的語言學習和語言技巧有所省思。第一是觀察影片中演員的口語表現；藉著比較自己和專家的能力，就可以知道自己該改進的地方。第二是聆聽自己的錄音資料；學生錄完音後可以仔細聽自己的聲音，若有錯誤或是不滿意，可以重新錄製，這種自我檢討的機會使有些學生主動回家後一再重錄，為要求得最好的表現。第三是組員之間的互動；從學生的心得報告中可以發現組員之間有良性的競爭，也就是說，如果看到自己的組員有進步，有的同學會因此有心理壓力，覺得自己也必須迎頭趕上，就會自我反省，加強練習。以上的因素使學生能夠監督及改善自己的語言能力，更重要的，當學生受到刺激而體認自己的不足，就能領悟實作練習的重要性。McLellan（1996, p.9）在討論省思對學習的重要性時指出，無論是在學校、工作場所、或在家裡，一個理想的教育環境是有持續的刺激、模擬仿真的情境、與教導者及其他學習者之間適當的社會互動，以確保在活動中有足夠的教導與回饋，有真實的學習與訓練，簡而言之，以確保有真實的教育。

二、六個學生個案綜合討論（The Focused Cases）

（一）合作學習（Collaboration）

對 Shane 和 Joanne 而言，他們喜歡本教案以及有進步的關鍵是他們組員的支持。電影配音的合作學習性質使他們與同儕之間互動頻繁，根據 Shane 的說法，他的組員很熱心，即使他們都怕說英文，還是時常邀 Shane 一起練習。身為其中一份子，Shane 基於義務必須配合他的組員，可能因此 Shane 才會在學習日誌上提到上課變有趣，但壓力也變大。若是沒有分組，Shane 獨自一人學習，很可能就是照他以往散漫的方式。Shane 雖然不是主動學習型的學生，但他喜歡和同學互動，他隨和的個性也使他和組員的關係良好，而兩位組員熱心的學習態度則使 Shane 也開始認真學習。也可以說，Shane 在這門課從同學學習的份量遠超過跟老師所學的份量。

Joanne 和 Shane 一樣，得到組員的幫助很多。他的組員讓她先選擇她想要配音的角色，又時常幫她解決不會的單字，這種細膩的關心是老師做不到的，因為全班的人數眾多，老師很難照顧到每一個人。因為有同儕之間的合作與互助，Joanne 才能在電影配音中找到有趣之處。

由 Shane 和 Joanne 的例子也可以發現電影配音中每個人的工作都很重要；雖然他們的組員給他們許多幫助，並不代表他們就可以偷懶不出力。在電影配音中每個人至少都會分配到一個角色，而

且不管台詞多少，每個角色都是不可缺的，因此每個人的工作切割清楚，不能由別人代勞，一定要負責任，而且也在負責任中多少學到一些英文口語技巧。

（二）輔助（Scaffolding）

對 Cherry 而言，過去她的英語口語能力不錯，但因為焦慮而一直無法展現，在本教案中藉著電影的輔助工具終於能發揮她的能力。她說英文的正確度和流暢度都相當好，但過去在她的英語學習路途中一直有個障礙：對說英文的緊張焦慮。她的這種感受其實是因為練習時沒有輔助工具。她在學習心得所說被老師叫起來回答問題其實是一種考試，而非練習；被叫到的學生必須靠自己的記憶來完成任務，沒有外界的支援，如果他們腦海中所累積的知識不足以回答問題，就會在全班面前顯出自己的無能，因而造成丟臉、沒面子等羞愧的感受。丟臉對中國學生是學英文很大的焦慮來源，因此他們很需要像 Cherry 所說沒有太大心理壓力的學習環境。在電影配音中，學生是在幕後配音，有字幕、影像以及同學的支援，不必擔心忘詞及上台的恐懼，至終能在輕鬆的氣氛下記住影片中的對白。在認知學徒學習中，輔助（scaffolds）的主要功能是幫助學習，然而對英語外語學習而言，它還有一個可能更重要的功能，就是消除學習焦慮。事實上，Cherry 是個認真而有實力的學生，縱然老師沒有要求她在配音之前事先背好台詞，但她不但如此做，而且還選擇難度最高的角色，感覺上一旦她從焦慮的牢籠被釋放出來，就如虎添翼，表現得非常亮麗。

　　Cherry 從輔助中獲得勇氣說英文；Vincent 則是從輔助中改善自己的發音技巧。他所得到的輔助主要來自老師的帶念以及配音時持續觀摩影片中的專家技術。Vincent 已經有足夠說英文的信心，因此他在觀摩演員的口語技巧後，藉著老師帶念練習正確的發音，然後藉著無聲影片將正確的發音應用在口語對話的社會情境中。

第三節　研究問題 3：電影片段的言辭特色及非言辭特色如何影響學生在電影配音中的表現？

　　此研究問題是依據學生配音錄音檔的評分（如表 19 所示）來分析回答。第四次，也是學生自選的配音分數只列表但不討論，因為學生各自選擇不同的片段，無法比較，而且學生的整體表現先前已經討論過。

表 19　參與學生四次配音各項平均分數

配音活動	發音準確度	節奏	語調	對嘴	聲音情感	平均分數
Dubbing task	Phonetic accuracy	Rhythm	Intonation	Timing	Paralinguistic voice features	Mean
1	26.6	27.2	28.2	27.5	29.5	27.8
2	26.4	27.3	28.4	24.1	29.0	27.0
3	27.9	28.4	28.4	30.1	29.0	28.7
4	24.3	25.5	26.7	26.0	26.3	25.8
Mean	26.3	27.1	27.9	26.9	28.4	

註：分數為 1 到 50 分，1-10=極差（very heavy non-native pronunciation）；11-20=差（poor）；21-30=中等（reasonable）；31-40=佳（close to native）；41-50=極佳（native-like pronunciation）

一、第一次電影配音活動

　　學生第一次配音在說話速度與聲音感情上整體表現不錯，但發音上則有幾個字念錯。這段影片的句子長度及說話速度的難度適中，除了其中一個角色以外：壞仙女 Lucinda，她的說話速度比較快，句子也較長，很多組都由全組英文口語能力最好的組員來擔綱，結果發現這些同學果然都能說得很快，但有幾個字卻共同發音錯誤，如 squirrel 和 given；他們把 squirrel 念得很像 school，也就是沒有捲舌音，given 的錯誤則是漏掉第二個音節，變成現在式 give。他們似乎說話速度增加後正確度就降低，也可能原本就念錯，而且沒有發現自己的錯誤，尤其很多學生時常說話不捲舌，無論是中文或英文，例如替好仙女配音的學生普遍念錯 burping 這個字，沒有捲舌音，而且替換成錯誤的母音。另外，較長的單字或有二個母音相連的單字也容易念錯，例如 obedience，重音節和母音都不對。似乎有些根深蒂固的錯誤發音習慣和比較難發音的單字還有待加強處理。

二、第二次電影配音活動

　　如前所述，第二次配音的影片段落難度最高：說話速度快、句子長、二句中間間隔時間短、以及角色變換速度快。基於這些因素，學生在各項平均分數上以對嘴（timing），也就是時間吻合度分數最低（24.1）。值得注意的是，縱然學生們普遍絕的說話速度太快，還是有部分學生表現良好，有五位學生在對嘴的分數上達到「佳」

的標準，而且只有四位學生因為漏掉很多字而被評為「差」，其他大部分學生都有「中等」的表現。可見只要學生有好好練習，多半能順利跟上速度。

在聲音情感上，大部分同學成功地模仿二個小女孩惡意、挑釁的口吻以及媽媽命令的口氣。學生們似乎偏愛誇張的語調，有人自動配出女主角的尖叫聲。然而，他們不喜歡哀傷、病懨懨的聲音，這段最後一幕是臨終的媽媽在交代後事，因此說話有氣無力，只有少數學生成功模仿這種軟弱的聲音。

三、第三次電影配音活動

第三次配音的影片內容簡單而有趣，情節刺激，句子簡短，說話語氣很誇張。許多學生最喜歡這次配音活動，他們的表現也最好，各項分數都不錯。然而，因為這段影片句子很短，說話速度較慢，反而暴露出他們某些發音的問題，特別是字尾子音的過度強調，多加上一個 schwa（類似ㄜ）的音。他們把 Keep the change 說成 Keepa the change，Get out of the way 說成 Geta outa of the way。這些問題在前二次配音並未出現，可能是因為句子長，說話速度快而不易查覺，這次由於說話速度放慢，而且因為命令句的語氣較重，因而凸顯了學生發音的嚴重問題。為了矯正學生的發音，筆者事後花了一段時間來訓練及教導字尾子音的發音方式。

學生們在這三次配音活動的分數與這三段影片的難度相吻合，整體而言，第三段影片最簡單，總平均也最高（28.7），第二

段影片最難,分數也最低(27.0)。在三次配音的過程中,學生的說話速度、語調、及聲音情感上進步很多,但在節奏(rhythm)則沒明顯的改變,很多學生自始至終都是以中文發音的 syllable-timing 的方式說英文,也就是每個音節都一樣長,而不是像英文的 stress-timing,重音節較長。雖然在老師帶念的時候會因老師的提醒而暫時改善,但是到配音時又故態復萌,似乎有些錯誤的發音習慣已經根深蒂固(fossilization),無法在短短 12 週內改變。

四、三次配音學生表現的比較

在三次配音活動中,學生遇到最大的困難都是說話速度,然而,仔細分析比較後則會發現,其實句子的長度和話輪進行(turn-taking)的速度也是重要因素。事實上,影片中演員的說話速度是符合一般母語人士的說話速度,對大部分參與學生而言,這個速度都是太快的,當句子比較短的時候,他們多半能跟得上速度;但遇到長句子就沒辦法了。在第一段影片中的句子的長度屬於中等,有 32%的學生表示說話速度快是最大的困難;第二段影片有兩句很長,各有 20 和 21 個字,除非學生把這兩句背起來,不然很難跟上速度,更糟糕的是,這兩句是緊緊相連,由兩個不同角色一前一後說出,當中幾乎沒有間斷,話輪進行(turn-taking)的速度非常快,學生必須同時注意說話的時間起始點和說話的速度,難度相當高,因此有 85%的學生表示說話速度快是最大的困難,但其實其中的困難也包括句子長度和話輪進行(turn-taking)的速度;第三段影片

除了命令句以外，其實整體的說話速度和前兩段差不多，但是因為大部分的句子很短，動作多，對白少，以至於說話角色中間的間隔時間長，表示說話速度快是最大困難的學生人數就降到 11%。由此可見，說話速度、句子長度、以及話輪進行（turn-taking）的速度等三個因素互相交織影響，帶給學生各種不同的挑戰。

第四節　兩種極端例子（Two Extreme Results）

除了以上三個研究問題以外，在本教案中有發現兩種極端的學習成果值得在此進一步討論。一個是好的極端，就是自動將配音所學的語句運用在生活中；另一個是不好的極端，就是自始至終對配音活動抱持排斥的態度。

一、成功的移轉（Successful Transfer）

先前提到有兩位女學生在整學期心得報告中提到他們在日常生活遇到語電影中相似的情境時，會不由自主脫口說出影片中的英文句子。這種將課堂所學成功移轉到現實生活是實境學習理論的理想學習結果，同時也是溝通語言教學法 communicative language teaching（CLT）的終極目標：裝備學生以面對教室外的社會互動。這兩位學生成功移轉的原因有可能是電影配音的語言練習環境接近現實生活的語言使用環境；也就是說，配音練習的語言是有情

境、有目的、有意義的口語溝通，而非不相干的句子，因此，學生
這些語句的知覺印象（perception）就會植基於口語溝通的社會環
境和實體環境，以至於當學生在生活中遇到類似的情境時，當中的
重複社會環境和實體環境就會啟動學生對這些語句的印象和記
憶，就如 McLellan（1996, p.11）所說在適用時自動啟用。這種發
現也支持 Brown、Collins、和 Duguid（1989）的說法：重複的環境
特徵會造成重複的後續行為，也就是說，記憶是以情境為本的。

　　這兩位學生的經驗顯示電影配音所營造的學習環境似乎有可
能帶來語言學習的成功移轉。以實境學習的觀點，移轉的意思就是
把參與某個情境的一個活動所學到的能力移轉到參與另一個新的
情境的活動（Greeno, Smith, & Moore, 1993）。在電影配音中，學生
部分且間接參與影片中的情境對話，之後應用在日常生活中新的類
似情境。Lave 和 Wenger（1991）認為「合法局部參與」（legitimate
peripheral participation, LPP）是最理想的學習環境，即使沒有刻意
的教學，新手也能有效的學習。總而言之，當學習環境愈接近現實
生活環境，移轉就愈可能發生。

二、持續的排斥（Failure with Two Outliers）

　　另一個極端例子來自前述兩位男學生，Ian 和 James，對他們
的英語學習而言，電影配音活動是個失敗。這兩位學生是同一組同
學，其中一位抱怨電影配音太累，且認為他們即將畢業，此時再加
強英文為時已晚，希望用唱歌等較輕鬆的方式上課；另一位則對英

美文化接受度低，對英語學習完全沒興趣。其實這種失敗例子的產生，與此時台灣技專校院的整體社會大環境有密切相關。在過去一、二十年間，台灣出現嚴重的少子化現象，逐漸造成後段技專校院的招生不足，為了生存，這些學校紛紛降低學生錄取標準，且降低對在校學生的課業要求，以避免休學、退學等影響學校收入的現象，造成許多原本程度不足或學習動機低落的學生也進入大學，而且有不少學生認為他們可以花錢輕鬆地買一張大學文憑。這兩位學生的問題不在於學習能力，而是在學習態度，而事實上，以他們的程度，在一、二十年前是不可能考上大學的。其實，現今有許多技專校院的老師正因為面臨許多像這兩位程度不足又缺乏學習動機的學生而面臨教學上極大的挑戰；這些學生多半上課不專心、喜歡聊天或睡覺，以至於老師必須採取各種措施來維持教室的秩序及提高學生的學習興趣，電影配音活動的產生，也是筆者在面對教學困境所苦思的解決方式，然而，從這兩位學生的例子可以看出，不論立意多好的教學方式，若學生的學習態是負面的，效果也會大打折扣。

第五節　認知學徒學習法訓練英語口語溝通能力的條件
（Conditions of Oral Instruction with Cognitive Apprenticeship）

本教案以認知學徒學習法為設計藍本，在執行初期遇到一些不利的因素，例如學生因為工作而容易遲到及缺席、授課時間不足、

以及教室座位設計不當，這些因素都有可能造成本教案的失敗，但最後大部分學生對電影配音產生興趣，也認為自己的英語能力有進步，其中成功的原因提供了以認知學徒學習法訓練英口語溝通能力的條件，分述如下：

一、和諧的組員關係（Harmonious Relationships among Group Members）

認知學徒學習法強調學徒之間的密切合作，因此在分組活動時，組員之間的和諧關係決定他們能否順利無阻地一起完成工作。在本教案中，有些學生受惠於組員的互讓及互助。因為組員皆是熟識的同學，許多組能順利依照個人的英文能力來分配配音的角色，讓程度較弱的組員選擇較容易的角色，使他們能夠在「鄰近發展區」（zone of proximal development, ZPD）學習（Vygotsky, 1987）。因此，同儕互助是本教案成功的因素之一。

二、無損面子的任務情境（Friendly, Non Face-Threatening Context of Learning Tasks）

雖然情意因素（affective factors）在認知學徒學習中並未討論，對本教案參與學生卻是很重要的環節。對他們而言，或者該說，對許多英語外語學習者而言，開口說英文都是令他們很緊張、擔心會

丟臉的事情，在本教案中，幫助學生克服這種焦慮的因素有：（1）
電影的劇情有趣，使他們有興趣及意願嘗試說英文；（2）螢幕所提
供的安全感，他們可以躲在劇中人物後面，而不必擔心丟臉；（3）
同學的互相支持；（4）可以選擇不同難度的學習任務，簡單的角色
給他們安全感，挑戰困難的角色給他們成就感。事實上，本教案給
參與學生很大的影響是使他們獲得說英文的勇氣，原因則是電影配
音所營造低焦慮的學習情境，這也是認知學徒學習法帶給學生的
益處。

三、在練習活動中持續觀摩實作中專業技術（Continual Access to Expertise- in-Use during Practice）

　　認知學徒學習法不同於傳統學校教育，著重知識技能的整體社
會情境，而不是學習抽離情境的片段知識技能。因此，學生應該在
標的知識技術被使用的活動、情境、及文化中來學習該知識技能。
也就是說，應該要讓初學者近可能置身於該知識技能的社會實作
（social practice）。在英語外語學習上，則是要讓學習者接觸英語
口語溝通的真實活動。在電影中的英語口語對話因為有整體社會情
境而接近真實生活的溝通，而在電影配音中，學生必須持續專注於
螢幕上的溝通互動，因此不斷觀摩實作中的專業技術（expertise-
in-use），這種持續的見習確保學生把這些對話體認為溝通工具，而
非片段的語言知識。

四、在實作練習中提供輔助工具（Scaffolds in Practice）

實作練習中的輔助工具類似 Lave 和 Wenger（1991）在「合法局部參與」（legitimated peripheral participation, LPP）中所提到初學者所擔負的部分責任（limited responsibility）。由於初階英語學習者尚未具備參與自由對話的能力，他們極需要在有指引和支持的情況下練習，而這些指引和支持又不能導致他們脫離情境而無法接觸實作中的專業技術（expertise-in-use）；也就是說，理想的輔助工具是能夠讓學習者局部參與真實活動，同時又能持續觀摩專家如何在真實情境中使用他們的知識與技術。例如，電影配音和朗讀對話範本的差別即是前者能使學習者觀摩實作中專業技術，而後者則不能。鑒於觀摩（observation）在認知學徒學習法中的重要性，前者的學習效果比較好。

五、以故事為本的英語口語溝通示範（Story-Based Models of English Oral Communication）

故事在本教案的功效有三方面：一是它提升學生的學習興趣和動機。大部分人都喜歡聽故事，完整的故事能使學習變得輕鬆、有趣、且有效。二是它提供了說話的社會目的，使口語溝通對學生而言是有意義的。三是它引起學生的同理心。Bloom（1992）提出，

情感（emotion）可以是意義（meaning）的啟動器（trigger），學生
對劇情的同理心使影片中的語句對他們而言有個人意義或個人關
係（personal relations），在日後類似的情境、有類似的情感產生時，
就會聯想到該語句及其意義。

六、適度的挑戰（Proper Challenge）

在本教案中，影片的選擇力求符合學生程度，避免因為太難而
消磨學生的學習興趣和動機，結果證明影片的語言難度在學生可以
接受的範圍。除了語言難度以外，模仿演員的語調感情對學生也是
一種挑戰。整體而言。雖然不同的角色帶給學生不同的難度，這些
挑戰的難度範圍就像 McLellan（1996, p. 10）所說，不會難到令學
生感到沮喪與無助，也不會簡單到令學生感到無聊。

第六節　理論應用（Theoretical Adaptation）

經過本教案的研究，本節嘗試將認知學徒學習（cognitive
apprenticeship）的理論稍做調整，以符合英語外語教與學的需要。
表 20 記載認知學徒學習的主要元素及其對應到英語教室後的調整。

表 20　認知學徒學習法之英語口語訓練應用

Key elements in Cognitive apprenticeship	Practices in the EFL classroom inspired by cognitive apprenticeship
1.Communities of practice ⟶	Imagined communities & learningcommunities in the EFL classroom
2.Modeling / Observation ⟶	Selected models of oral communication by English users
3.Authentic activities ⟶	Coherent, meaningful, and purposeful English oral communication conducted in the activities of everyday life in conformity with the linguistic and sociolinguistic expectation and practice of NESs
4.Coaching / Practice ⟶	Imitation of language within well-defined social contexts to facilitate context-dependent memory & Learning tasks combining form and meaning

Note: Modeling = modeling by experts; Observation = learners' observation of expertise-in-use; Coaching = coaching by experts; and Practice = practice by learners

首先，由於缺乏接觸實作社群（community of practice），也就是英語使用者社群的機會，英語外語學習者沒機會觀察及參與英語使用的活動（activity）、情境（context）、及文化（culture）（Brown, Collins, & Duguid, 1989, P.32）。也就是說，英語外語學習本身的性質是抽離情境的（decontextualized），因此，學習者可能學了很多年之後依然不瞭解在現實生活中英語如何被使用，也不了解使用它

的社群是怎樣的世界；就像 Brown、Collins、和 Duguid（1989）所說學習一個工具，卻從來沒看它在現實生活中如何被使用，也不了解使用它的世界。

　　實境學習強調參與實作社群(community of practice)，但在英語外語學習的環境則須分為想像社群（imagined community）和學校學習社群二種。對英語外語學習者而言，英語母語人士的社群是一種想像社群（imagined community）（Anderson, 1998），對學習者可能產生很大的影響（Kanno & Norton, 2003）。如前所述，Kanno 和 Norton（2003）認為人類有能力與超越時空範圍的社群產生連結感，而且這種連結感會影響學習者的學習投資和自我定位。同樣的，雖然英語外語學習者不能參與英語使用者的活動，這些社群對他們仍可以是真實的，雖然在他們現在的時空環境不能參與，將來仍有可能會接觸，這種連結感可以影響英語學習者投資在學習上的時間與心力。

　　教室內的學習環境形成一種特別的學習社群（learning community），和英語母語人士的社群迥然不同。在正式的學校教育中，同一班的學生通常英文程度相似，教室內的知識來源通常是老師、教科書、以及同學，在台灣的英文課一般通常有 30 到 50 人，屬於大班制，老師難以照顧到每一個人，而且個人上課口語練習的機會也不多。學生之間雖然能夠合作學習，但未必願意幫助，且因為程度相似，能幫的忙有限。由於教室外沒有日常學習的環境，學生對英語學習及英語使用的認知印象很可能僅侷限在教室內的學習社群。例如，在一個升學導向、著重文法翻譯教學法的教室中，英語學習可能意味著一大堆文法規則與無盡的紙筆測驗，老師的角

色就是解釋文法，同學之間上課也沒有互動；學生對英語學習的認知與日常生活溝通無關。如果沒有刻意的設計學習環境，學生可能對英語使用的社群及文化一無所知，也無法達到 Brown、Collins、和 Duguid（1989, p.32）所說將學習視為一種文化適應學習（enculturation）的過程。

因此，若要在英語外語環境中讓學習者接觸實作社群（community of practice），必須在想像社群（imagined community）以及學校學習社群(learning community)之間搭起橋樑，將二者結合，以提供實作社群的活動進行（ongoing activity）、老手（old-timer）、資訊（information）、資源（resources）、以及參與機會（opportunities for participation）（Lave & Wenger, 1991），使學生至終能成為英語使用者社群的正式合格成員。

其次，英語外語學習環境與英語使用者社群之間的隔閡可以藉由影片（video）來彌補。在本教案中，電影演員的功能相當於專家，示範有意義、有目的、前後一貫的口語對話讓英語學習者觀摩；也就是說，他們在某方面可以取代實境專家技術（expertise-in-use）。另一方面，和真實世界不同的是，影片的示範可以藉由挑選來加以控制，也就是說，教學者選擇符合學生程度和興趣的影片，以提高示範的適切性及有效性。

第三，實境學理論中的真實活動(authentic activity)也很少存在於英語外語環境，因此本研究乃就英語口語溝通的本質重新定義真實活動(參見第二章)。依此定義，本研究認為文學著作如小說或電影中的對白也可以是真實對話，只要符合定義中的特徵如有意義

以及符合母語使用者的社會語用期待等。因此，在外語環境中可善用這類真實語料作為教和學的素材。

　　第四，在本教案中，教室內的老師扮演訓練者的角色。雖然老師也是專家，但他一人無法呈現人際互動和社交情境。老師最主要的角色是設計適當的學習活動，以在學生觀摩影片之後訓練學生，就像在本教案中使學生熟悉他們的台詞和發音。若是沒有老師的訓練，電影配音活動有可能會失敗，因為影片中的說話速度太快或咬字不清，造成學生學習的困難，尤其是初階學習者。因此，老師是銜接專家社群和教室內學習社群的重要人物。

　　對初階英語學習而言，他們還不能進行自由對話，因此，本研究建議用模仿社會情境中對話（imitation of language within a well-defined social context）（Speidel, 1989, p. 162）來建立植基於情境的記憶（context-based memory），增進他們的語言知識和技巧，以預備日後自由對話。藉著模仿電影中的語調、聲音情感、以及說話速度等，本教案的參與學生等於在模仿母語人士在口語對話時的行為模式（behavior patterns）。雖然學生不是真正參與對話，但藉著這種學習方式，他們對所學的語言知識是在社會情境及實體環境中的溝通工具，因此比較可能在類似的真實情境中被啟動活用。

　　對真實情境所使用語言的記憶其實在第二語言習得（second language acquisition, SLA）也受到重視。Ellis（1996）指出，在大部分的情形下，說出文法正確的語句的能力並非從學習文法規則而來，而是記住真實對話中的詞彙片語（lexical phrases）；Tschirner（2003）也提出，真實情境的語言使用涵蓋了語音（phonetic）、句法（syntactic）、語意（semantic）、語用（pragmatic）、及社會文化

（sociocultural）的特質，只有它能提供足以促進語言習得的語言輸入（language input）。在真實對話中，對話者必須注意許多因素，如對方的知識背景、之前的對話發展、接下來對話的可能發展，以及雙方對話的社交目的等，無暇專注在文法的正確與否。因此，若詞彙片語原本就是在其語意和語用的情況中印入記憶，就能在真實情境中被完整地回想起來，而且可以和其他片語混合搭配運用。當學習者記憶中貯存了大量的這類詞彙片語，就能在潛意識中自動分析它們。由此可見，語言記意的成功是因為文法構詞（grammatical morphology）是在語意及語用的情境中存入記憶（Tschirner, 2003, p. 315）。

認知學徒學習法也啟發形式（form）和意義（meaning）二者並重在英語教學練習活動中的重要性。Skehan（1998）提出任務型學習（task-based learning）的兩種極端導向：語言結構導向（structure-oriented）和溝通導向（communicatively-oriented）。他指出這兩種導向時常會互相干預，顧及其一則無法顧及其二。也就是說，在設計學習活動中很難兼顧「知」（know what）和「行」(know how)。把實境學習理論應用到英語教學的目的之一則是在這二者中取得平衡。例如，電影配音活動中老師先訓練學生單字的發音，在配音中要求發音、語調、速度的正確性，乍看之下似乎只注重語言的形式，但學生必須隨著影片中的劇情進展而說出語句，自然會注意到其中對話的意義，而螢幕上的場景及人物更幫助學生瞭解語句的意義，因此能夠同時注重語言形式與意義。實境學習理論的師父示範階段（modeling）強調的是「知」，也就是知識的形式，包括明示的規則（explicit rules）；而在訓練的階段（coaching）則是不

但注重「知」，也注重「行」，也就是知識的意義：學習者在有意義、有目標的實作中將頭腦中的知識與週遭的情境調和，體會口頭無法解釋清楚的知識意義，同時也不停觀摩師父的專業技術，來修正自己的瞭解，因此能在這種平衡中達到最好的學習效果。

第六章　結語

第一節　本研究的限制與困難（Limitations and Difficulties）

　　本研究並非盡善盡美，在執行過程受制於一些外在因素的限制，在此分述之。首先是教學時間不足：由於筆者不能選擇教學的班級，只能就所分派到的課程及教室設備來進行本教案，而且由於筆者在在日間部的課程和教室設備都不適合，只好選擇夜間部，該班又是畢業班，上課時間只有 12 週，因此時間有點趕，也沒辦法進行教學前英語能力測驗，分組練習的時間也有限。第二是語言教室的電腦穩定性：有時候教師電腦的錄音系統出問題，以至於錄音失敗，必須全班重錄，不然就是有些組的錄音檔案收不到，必須重錄，造成時間上的浪費。還有一個困難是學生資料的回收：學生偶爾會忘記把在家寫好的學習日誌帶到學校，或者忘了回答其中一、二題，拿回去寫又忘記交回來，由於上課時間有限，也沒有時間一一催收，因此有些資料沒有完全回收。最後的缺憾時沒能將學生配音時的表情錄影下來；原本計劃觀察學生在配音時的肢體動作和臉部表情，以深入了解他們的學習經驗，但在徵求學生同意時，沒有一個人願意被錄影，因此只好作罷。

第二節 本研究的教學寓意
（Pedagogical Implication）

　　本研究在英語外語教學上的寓意可從三方面來看。首先是考量學習者的需要：身為老師，應該注意到學生在學習上及情意因素上的需要。對於初階英語學習者，由於能力不足，在課堂上能從事的英語口語活動有限，也容易有怕丟臉的壓力，因此必須給予他們適當的輔助，使他們能在「鄰近發展區」（zone of proximal development, ZPD）學習（Vygotsky, 1978）。在台灣的初階英文會話課程，老師經常很難使學生願意開口說英文，學生通常很害羞，不敢冒險，尤其是如果缺乏學習動機更是如此。本教案作了一些折衷，也就是用模仿社會情境中的對話來取代真實的自由對話，藉此提供輔助（scaffolding）讓學生開口。對他們來說，這種間接參與社會情境中的對話已經是很大的突破，至少他們跨越了緊張的情緒，也有彷彿置身電影情境的臨場感。許多技職校院的學生英文不好是因為缺乏學習動機，因此他們的老師經常面臨要如何提高他們的興趣動機的挑戰，尤其上台說英文對大部分學生都是令人怯步的，因此老師有義務營造一個安全、不傷面子的學習環境。

　　第二方面是教室內學習環境的設計。在了解學生的需要後，老師依照學生的需要來設計教室內的學習環境。實境學習理論點出英語外語教室環境的缺失，因為其中缺少口語溝通的實境專業技術（situated expertise-in-use）讓學生觀摩。老師可以藉著挑選適當的視聽教材來彌補這方面的不足。老師的引導很重要，因為雖然在教室以外學生很容易取得真實英語材料，諸如電影、電視等，但學生

不一定有自動自發的學習態度，而且像初階英語學習者也可能不知道如何選擇適當的視聽學習材料。

　　第三方面牽涉教學的彈性，以回應學生新出現的行為或態度。同樣的教學設計可能在某班實行的效果很好，在另一班則行不通，因為學生的特質不同。例如，本教案的試驗性研究的班級即使聽不懂影片中的對白，仍然願意繼續嘗試，然而正式實施的班級則沒有這種耐心，因此必須調整影片教學的步驟。教學其實也是一種「實境行動」（situated action），需要因時因地制宜，因此老師必須對學生課堂上的反應敏感，而且隨時做調整。

　　總而言之，雖然科技的進步製造了許多學習英語的工具和資源，老師在教室中的角色仍然不可取代，一個負責任的教學者必須是全時間的觀察者（observer）、設計者（designer）、以及成事者（facilitator），在教室中指揮學習活動，以使學習的可能性極大化。

參考書目

Aljaafreh, A., & Lantolf, J. P. (1994). Negative feedback as regulation and second language learning in the zone of proximal development. *Modern Language Journal*, *78*, 465-483.

Antes, A. T. (1996). Kinesics: The value of gesture in language and in the language classroom. *Foreign Language Annals*, *29*(3), 439-448

Anton, M. (1999). The discourse of a learner-centered classroom: Sociocultural perspectives on teacher-learner interaction in the second language classroom. *Modern Language Journal*, *83*, 303-318.

Applbaum, R. Bodaken, E. Sereno, K. & Anatol, K. (1979). *The process of group communication* . Chicago: Science Research Associates.

Arcario, P. (1992). Criteria for selecting video materials. In S. Stempleski & P. Arcario (Eds.), *Video in second language teaching: Using, selecting, and producing video for the classroom* (pp. 109-122). Alexandria, VA: Teachers of English to Speakers of Other Languages, Inc. (ED 388 082)

Atkinson, D. (2002). Toward a sociocognitive approach to second language acquisition. *Modern Language Journal*, *86*, 525-545.

Barsalou, L. W. (1999). Language comprehension: Archival memory or preparation for situated action. *Discourse Processes*, *28*, 61-80.

Bateson, M.C. (1994). *Peripheral visions*. New York: HarperCollins.

Bello, T. (1999). New avenues to choosing and using videos. *TESOL Matters*, *9* (4), 20.

Bloom, J. W. (1992). Contexts of meaning and conceptual integration: How children understand and learn. In R. A. Duschl & R. J. Hamilton (Eds.),

Philosophy of science, cognitive psychology, and educational theory and practice (pp. 177-194). Albany: State University of New York Press.

Borrás, I. & Lafayette, R. C. (1994). Effects of multimedia courseware subtitling on the speaking performance of college students of French. *Modern Language Journal, 78*, 61-75.

Bransford, J. D., Sherwood, R. D., Hasselbring, T. S., Kinzer, C. K., & Williams, S. M. (1990). Anchored instruction: Why we need it and how technology can help. In D. Nix & R. Spiro (Eds.), *Cognition, education, and multimedia: Exploring ideas in high technology* (pp. 115-141). NJ: Lawrence Erlbaum Associates.

Breen, M. (1985). Authenticity in the language classroom. *Applied Linguistics, 6*(1), 60-70.

Breen, M. P., & Candlin, C. N. (1980). The essentials of a communicative curriculum in language teaching. *Applied Linguistics, 1*, 89-110.

Brett, P. (1998). Using multimedia: A descriptive investigation of incidental language learning. *Computer Assisted Language Learning, 11*(2), 179-200.

Brown, A. L. (1992). Design experiments: Theoretical and methodological challenges in creating complex interventions. *Journal of the Learning Sciences, 2*(2), 141-178.

Brown, A., & Campione, J. (1996). Psychological theory and the design of innovative learning environments: On procedures, principles, and systems. In L. Schauble & R. Glaser (Eds.). *Innovations in learning: New environments for education* (pp. 289-325). Mahwah, NJ: Lawrence Erlbaum Associates, Inc.

Brown, J. S. (1989, November 15). *Rethinking: Thinking, learning, and working in corporate America.* Keynote speech presented at the Conference of the Association for the Development of Computer-Based Instructional Systems (ADCIS), Arlington, VA. Cited in H. McLellan (Ed.), *Situated learning perspectives.* NJ: Educational Technology.

Brown, J. S., & Duguid, P. (1996). Stolen knowledge. In H. McLellan (Ed.), *Situated learning perspectives* (pp.47-56). NJ: Educational Technology.

Brown, J. S., Collins, A., & Duguid, S. (1989). Situated cognition and the culture of learning. *Educational Researcher, 18*(1), 32-42.

Burke, G., & McLellan, H. (1996). The algebra project: Situated learning inspired by the civil rights movement. In H. McLellan(Ed.), *Situated Learning Perspectives* (pp. 263-278). NJ: Lawrence Erlbaum.

Burston, J. (2005). Video dubbing projects in the foreign language curriculum. *CALICO Journal, 23* (1), 79-92.

Burt, M. (1999). *Using video with adult English language learners.* Retrieved February 20, 2007, from Center of Adult English Language Acquisition Website site: http:// www.cal.org/caela/esl_resources/digests/video.html.

Butler-Pascoe, M. E., & Wiburg, K. M. (2003). Teaching thinking and inquiry-based learning with English language learners. In M. E. Butler-Pascoe & K. M. Wiburg, *Technology and teaching English language learners* (pp. 165-187). NY: Pearson Education.

Calbris, G. (1990). *The semiotics of French gestures.* Trans. Owen Doyle. Bloomington: Indiana University Press.

Canale, M., & Swain, M. (1980). Theoretical bases of communicative approaches to second language teaching and testing. *Applied Linguistics, 1,* 1-47.

Canning-Wilson, C. (2000). Practical aspects of using video in the foreign language classroom. *The Internet TESL Journal,* 6(11). Retrieved November 30, 2007, from http://iteslj.org/Articles/Canning-Video.html

Chaiklin, S., & Lave, J. (Eds.). (1993). *Understanding practice: Perspective on activity and context.* Cambridge: Cambridge University Press.

Choi, J. & Hannafin, M (1995). Situated cognition and learning environments: Roles, structures, and implications for design. *ETR&D, 43*(2), 53-69.

Clancy, J. W. (1992). Representations of knowing: In defense of cognitive apprenticeship: A response to Sandberg & Wielinga. *Journal of AI in Education, 3*(2), 139-168.

Clark, A. (1997). *Being there: Putting brain, body, and world together again.* Cambridge, MA: MIT Press.

Clark, A. (2003). *Natural-born cyborgs: Why minds and technologies are made to merge.* Oxford: Oxford University Press.

Clark, J., Dede, C., Ketelhut, J. D., & Nelson, B. (2006). A design-based research strategy to promote scalability for educational innovations. *Educational Technology, 46* (3), 27-36.

Cognition and Technology Group at Vanderbilt. (1989). *Anchored instruction and its relationship to situated cognition* (Tech. Rep.). Nashville, TN: Vanderbilt University, Learning Technology Center.

Cognition and Technology Group at Vanderbilt. (1991). Technology and design of generative learning environments. *Educational Technology, 5,* 34-40.

Collins, A. (1992). Toward a design science of education. In E. Scanlon & T. O'Shea (Eds.), *New directions in educational technology.* Berlin: Springer-Verlag.

Collins, A. (1993). *Design issues for learning environments.* (Technical report No. 27). NY: Northwestern University, Center for Technology in Education. (ERIC Document Reproduction Service NO. ED 357 733).

Collins, A., & Brown, J. S. (1988). The computer as a tool of learning through reflection. In H. Mandl & A. Lesgold (Eds.), *Learning issues for intelligent tutoring systems* (pp. 1-18). New York: Springer-Verlag.

Collins, A., Brown, J. S., & Newman, S. E. (1989). Cognitive apprenticeship: Teaching the craft of reading, writing and mathematics. In L. B. Resnick (Ed.), (1989). *Knowing, learning, and instruction: Essays in honor of Robert Glaser* (pp. 453-494). NJ: Lawrence Erlbaum Associates.

Cronin, M., & Glenn, P. (1991). Communication across curriculum in higher education: The state of the art. *Communication Education, 40,* p.356-367.

Csikszentmihalyi, M. (1990). *Flow: The psychology of optimal experience.* New York: Harper Perennial.

Dede, C., Nelson, B., Ketelhut, D., Clarke, J., & Bowman, C. (2004)). Design-based research strategies for studying situated learning in a multi-user virtual environment. *Proceedings of the 2004 international conference on Learning Sciences* (pp. 158-165). Mahwah, NJ: Lawrence Erlbaum Associates.

Design-Based Research Collective. (2003) Design-based research: An emerging paradigm for educational inquiry. *Educational Researcher, 32*(1), 5-8.

Donato, R. (1994). Collective scaffolding in second language learning. In J. P. Lantolf & G. Appel (Eds.), *Vygotskian approaches to second language research* (pp. 33-56). Norwood, NJ: Ablex.

Duschl , A. R., & Hamilton, J. R. (1992). Anchored instruction in science and mathematics: Theoretical basis, developmental projects, and initial research findings. In Richard A. Duschl (Author), R. J. Hamilton (Editor), *Philosophy of science, cognitive psychology, and educational theory and practice* (pp. 244-273). State University of New York.

Ellis, N. (1996). Sequencing in SLA: Phonological memory, chunking, and points of order. *Studies in Second Language Acquisition, 18*, 91-126.

Ellis, R. (2000). Task-based research and language pedagogy. *Language Teaching Research, 4*, 193-220.

Erickson, F. (1991). Advantages and disadvantages of qualitative research design on foreign language research. In B. F. Freed (Ed.), *Foreign language acquisition research and the classroom* (pp. 338-353). Toronto: D. C. Heath and Company.

Firth, A., & Wagner, J. (1997). On discourse, communication, and (some) fundamental concepts in SLA research. *Modern Language Journal, 81*, 285-300.

Firth, J. (2000) Listening using authentic video for overseas learners of English. Retrieved July 17, 2008, from Developing teachers.com: a web site for the developing language teachers Web site: http://www.deve lopingteachers. com/articles_tchtraining/authvid1_james.htm

Flowerdew, J. (2000). Discourse community, legitimate peripheral participation, and the nonnative-English-speaking scholar. *TESOL Quarterly, 34*(1), 127-150.

Froehlich, J. (1988). German videos with German subtitles: A new approach to listening comprehension development. *Uterricht-spraxis, 21*(2), 199-203. Cited in Yu, R. & Huan, M. (2001). Effects of subtitles and captions on foreign language learning. *Instructional Technology & Media, 56*, 2-16.

Gall, M. D., Borg, W. R., & Gall, J. P. (1996). Case study research. In W. R. Borg, *Educational research: An introduction* (pp. 543-589). New York: Longman.

Gass, S. (1998). Apples and oranges: Or, why apples are not orange and don't need to be: A response to Firth and Wagner. *Modern Language Journal, 81*, 285-300.

Gee, J. P. (1992). *The social mind: Language, ideology, and social practice.* New York: Bergin & Garvey.

Gee, J. P. (1997). Thinking, learning and reading: The situated sociocultural mind. In D. Kirshner & J. A. Whitson (Eds.), *Situated cognition: Social, semiotic and psychological perspectives* (pp. 37-55). Mahwah, NJ: Lawrence Erlbaum Associates.

Gee, J. P. (2004). *Situated language and learning: a critique of traditional schooling.* NY: Routledge.

Gibson, J. J. (1986). *The ecological approach to visual perception.* NJ: Lawrence Erlbaum Associates.

Gildea, M. P. Miller, A. G. & Wurtenberg, L. C. (1990). Contextual enrichment by videodisc. In D. Nix & R. Spiro (Eds.) *Cognition, education and multimedia: Exploring ideas in high technology.* NJ: Lawrence Erlbaum Associates.

Gilmore, A. (2007). Authentic materials and authenticity in foreign language learning. *Language Teaching, 40*, 97-118.

Goodwin, C. (2000). Action and embodiment within situated human interaction. *Journal of Pragmatics, 32*, 1489-1522.

Gosling, J. (1981). Kinesics in discourse. In M. Coulthard and M. Montgomery (Eds.), *Studies in discourse.* London: Routledge.

Greeno, J. G., Smith, D. R., & Moore, J. L. (1993). Transfer of situated learning. In D. K. Detterman & R. J. Sternberg (Eds.), Transfer on trial:

Intelligence, cognition, and instruction (pp. 99-167). Norwood, NJ: Ablex.

Hank, W. F. (1991). Foreword by William F. Hanks. In J. Lave & E. Wenger, *Situated learning: Legitimate peripheral participation* (pp. 13-24). Cambridge University Press.

Harley, S. (1996). Situated learning and classroom instruction. In H. McLellan (Ed.), *Situated learning perspectives* (pp. 113-122). NJ: Educational Technology.

Hopper, R. (1993). Conversational dramatism and everyday life performance. *Text and Performance Quarterly, 13*, 181-183.

Hsu, C. (2003). *Impacts of English teachers' perceptions of communicative language teaching on classroom practices in senior high schools in Taiwan.* Unpublished master's thesis (091NKNU0240020), National Kaohsiung Normative University, Kaohsiung, Taiwan.

Hymes, D. (1974). *Foundations in sociolinguistics: An ethnographic approach.* Philadelphia: University of Pennsylvania Press.

Johnson, E. K. (2006). The sociocultural turn and its challenges for second language teacher education. *TESOL Quarterly, 40*(1), 235-257.

Johnson, M. (2004). *A philosophy of second language education.* New Haven, CT: Yale University Press.

Kanno, Y. (1999). Comments on Kelleen Toohey's " 'Breaking them up, taking them away': ESL students in grade 1": The use of the community-of-practice perspective in language minority research. *TESOL Quarterly, 33*, 126-131.

Kanno, Y., & Norton, B. (2003). Imagined communities and educational possibilities: Introduction. *Journal of Language, Identity, and Education, 2*(4), 241-249.

Kasper, G. (1997). "A" stands for acquisition. *The Modern Language Journal, 81*, 307-312.

Kellerman, S. (1992). 'I see what you mean': The role of kinesic behavior in listening and implications for foreign and second language learning. *Applied Linguistics, 13*, 239-258.

Koren, S. (1995). Foreign language pronunciation testing: A new approach. *System, 23* (3), 387-400.

Kumaravadivelu, B. (1993). Maximizing learning potential in the communicative classroom. *ELT Journal, 47*, 12-21.

Kumaravadivelu, B. (2006). TESOL methods: Changing tracks, challenging trends. *TESOL Quarterly, 40*, 59-81.

Ladau-Harhulin, U. (1992). Using video to teach communicative English to students of interactional business. In S. Stempleski & P. Arcario (Eds.), *Video in second language teaching: Using, selecting, and producing video for the classroom* (pp. 7-24). Alexandria, VA: Teachers of English to Speakers of Other Languages, Inc.

Lampert, M. (1986). Knowing, doing, and teaching multiplication. *Cognition and Instruction, 3*, 305-342.

Lantolf, J. P. (2000). Second language learning as a mediated process. *Language Teaching, 33*, 79-86.

Larsen-Freeman, D. (2002). Language acquisition and language use from a chaos/complexity theory perspective. In C. Kramsch (Ed.), *Language acquisition and language socialization: Ecological perspectives* (pp. 33-46). London: Continuum.

Lave, J. (1988). *Cognition in practice: Mind, mathematics and culture in everyday life.* NY: Cambridge University Press.

Lave, J. (1994). Tailored learning: Apprenticeship and everyday practice among craftsmen in West Africa. *American Educational Research Journal, 27*, 29-63.

Lave, J. (1996). Teaching, as learning, in practice. *Mind Culture, and Activity, 3*(3), 149-164.

Lave, J., & Wenger, E. (1991). *Situated learning: Legitimate peripheral participation.* Cambridge University Press.

Legutke, M. & Thomas, H. (1991). *Process and experience in the language classroom.* London: Longman.

Liao, W. (2003). *Senior high school English teachers' beliefs towards communicative language teaching and their classroom practice.*

Unpublished master's thesis (091NTNU0238041), National Taiwan Normative University, Taipei, Taiwan.

Liddicoat, A. (1997). Interaction, social structure, and second language use: A response to Firth and Wagner. *Modern Language Journal, 81*, 313-317.

Little, D., Devitt, S., & Singleton, D. (1989). *Learning foreign languages from authentic texts: Theory and practice.* Dublin: Authentic in association with CILT.

Lonergan, J. (1984). *Video in language teaching.* Cambridge University Press.

Long, M. H. (1997). Construct validity in SLA research. *Modern Language Journal, 81*, 318-323.

McLellan, H. (1996). Situated learning: Multiple perspectives. In H. McLellan (Ed.), *Situated learning perspectives* (pp. 5-18). NJ: Educational Technology.

McNeil, D. (Ed.), (2000). *Language and gesture.* Cambridge: Cambridge University Press.

Meng, X. J. (2004, April 3). 八成技職新生初級英檢不及格 [Eighty percent of vocational college freshmen failed the basic GEPT]. *United News*, p. B8

Miller, G. A. & Gildea, P. M. (1987). How children learn words. *Scientific American, 257* (3), 94-99.

Moore, L. J., Lin, X., Schwartz, D. Petrosino, A., Hickey, T.D. Campbell, O. J., & The Cognition and Technology Group. (1996). The relationship between situated cognition and anchored instruction: A response to Tripp. In H. McLellan (Ed.), *Situated learning perspectives* (p. 213-224). NJ: Educational Technology.

Morrow, K. (1977). Authentic texts and ESP. In S. Holden (Ed.), *English for specific purposes* (pp. 13-17). London: Modern English Publications.

Nassaji, H., & Cumming, A. (2000). What's in a ZPD? A case study of a young ESL students and teacher interacting through dialogue journals. *Language Teaching Research, 4*, 95-121.

Nassaji, H., & Wells, G. (2000). What's the use of "triadic dialogue"? An investigation of teacher-student interaction. *Applied Linguistics, 21*, 376-406.

Norman, D. A. (1993). Cognition in the head and in the world: An introduction to the special issue of situated action. *Cognitive Science, 17*(1), 1-6.

Nunan, D. (1987). Communicative language teaching: Making it work. *ELT Journal, 41*, 136-145.

Nystrand, M., Wu, L. L., Gamoran, A., Zeiser, S., & Long, D. A. (2003). Questions in time: Investigating the structure and dynamics of unfolding classroom discourse. *Discourse Processes, 35*, 135-198

Ohta, A. S. (2000). Re-thinking interaction in SLA: Developmentally appropriate assistance in the zone of proximal development and acquisition of L2 grammar. In J. P. Lantolf (Ed.), *Sociocultural theory and second language learning* (PP. 53-80). Oxford, England: Oxford University Press.

Palincsar, A. S., & Brown, A. L. (1984). Reciprocal teaching of comprehension-fostering and monitoring activities. *Cognition and Instruction, 1*, 117-175.

Papert, S. (1993). *The children's machine: Rethinking school in the age of the computer.* New York, NY: Basic Books.

Pawley,A., & F, Syder. (1983). Two puzzles for linguistic theory: Native-like selection and native-like fluency. In J. Richards & R. Schmidt (Eds.), *Language and communication* (pp. 191-226). London: Longman.

Poulisse, N. (1997). Some words in defense of the psycholinguistic approach: A response to Firth and Wagner. *Modern Language Journal, 81*, 324-328.

Resnick, L.B. (1987). Learning in school and out. *Educational Researcher, 16*, 13-20.

Richards, C. J., & Schmidt, R. (2002). *Longman dictionary of language teaching & applied linguistics.* London: Pearson Education

Rogoff, B. (1984). Introduction: Thinking and learning in social context. In B. Rogoff & J. Lave (Eds.), *Everyday cognition: Its development in social context* (PP. 1-8). Cambridge, MA: Harvard University Press.

Rogoff, B. (1990). *Apprenticeship in thinking.* Oxford: Oxford University Press.

Rubin, J. (1995). The contribution of video to the development of competence in listening. In D. Mendelsohn & J. Rubin (Eds.), *A guide for the teaching of second language listening* (pp. 151-165). CA: Domine Press.

Rubin, J., Quinn, J., & Enos, J. (1988). *Improving foreign language listening comprehension*. Report on Project 017AH70028. International Research and Studies Program, U. S. Dept. of Education.

Savignon, J. S. (1983). *Communicative competence: Theory and classroom practice.* Reading. MA: Addison-Wesley.

Scarcella, R. (1990). *Teaching language minority students in the multicultural classroom.* Upper Saddle River, NJ: Prentice Hall Regents.

Scardamalia, M., & Bereiter, C. (1985). Fostering the development of self-regulation in children's knowledge processing. In S. F. Chipman, J. W. Segal, & R. Glaser (Eds.), *Thinking and learning skills: Research and open questions* (pp. 563-577). Hillsdale, NJ: Lawrence Erlbaum Associates.

Secules, T. Herron, C. & Tomasello, M. (1992). The effect of video context of foreign language learning. *Modern Language Journal, 76.* 480-490.

Simonson, M. R., & Maushak, N. J. (1996). Instructional technology and attitude change. In D. Jonassen (Ed.), *Handbook of research for education and technology* (pp. 984-1016). New York: Simon & Schuster Macmillan.

Speidel, G. E. (1987). Language differences in the classroom: Two approaches to language development. In E. Okasaar (Ed.), *Sociocultural perspectives of multilingualism and language acquisition* (pp. 239-259). Tübingen: Gunter Narr Verlag.

Speidel, G. E. (1989). Imitation: A bootstrap for language to speak? In G. Speidel & K. Nelson (Eds.), *The many faces of imitation in language learning* (pp. 151-180). NY: Springer- Verlag.

Startz, J., (Producer) & O'haver, T. (2004). Ella Enchanted [Motion picture]. United States: Miramax Home Entertainment

Stempleski, S. (1992). Teaching communication skills with authentic video. In S. Stempleski & P. Arcario (Eds.), *Video in second language teaching:*

Using, selecting, and producing video for the classroom (pp. 7-24). Alexandria, VA: Teachers of English to Speakers of Other Languages.

Stempleski, S. (2003). Integrating video into the classroom curriculum. *Selected Papers from the Twelfth International Symposium on English Teaching and Learning,* Taipei, Taiwan.

Stringer, J. L. (1998). Teaching language as oral communication: Everyday life performance in foreign language instruction. *Communication Education, 47,* 221-233.

Suchman, L. (1987). Situated actions. In L. A. Suchman, *Plans and situated actions: The problem of human-machine communication* (pp.49-67). New York: Cambridge University Press.

Suchman, L. (1993). Response to Vera and Simon's situated action: A symbolic interpretation. *Cognitive Science, 17,* 71-75.

Sueyoshi, A., & Hardison, D. M. (2005). The role of gestures and facial cues in second language listening comprehension. *Language Learning, 55*(4), 661- 699.

Swain, M., & Lapkin, S. (1998). Interaction and second language learning: Two adolescent French immersion students working together. *Modern Langue Journal, 82,* 320-337.

Tharp, R., & Gallimore, R. (1991). *The instructional conversation: Teaching and learning in social activity.* Washington, DC: Office of Education Research and Improvement.

The Cognition and Technology Group at Vanderbilt. (1997). *The Jasper Project: Lessons in curriculum, instruction, assessment, and professional development.* Mahwah , NJ : Lawrence Erlbaum Associates.

Thompson, I., & Rubin, J. (1993). *Improving listening comprehension in Russian.* Report on Project 017A00032. International Research and Studies Program, U.S. Dept. of Education.

Thornbury, S. (1996). Teachers research teacher talk. *English Language Teaching Journal, 50,* 279-288.

Thorne, S. (2005). Epistemology, politics and ethics in sociocultural theory. *The Modern Language Journal, 89,* 393-409.

Tomasello, M. (1999). *The cultural origins of human cognition.* Cambridge, MA: Harvard University Press.

Toohey, K. (1998). "Breaking them up, taking them away": ESL students in grade 1. *TESOL Quarterly, 32* (1), 61-84.

Tsai, T. (2007). *Taiwanese educators' perspectives on the implementation of the new English education policy.* Unpublished doctoral dissertation, Alliant International University, San Diego, US. ISBN: 9780549136101

Tschirner, E. (2001). Language acquisition in the classroom: The role of digital video. *Computer Assisted Language Learning, 14*(3-4), 305-319.

Van Lier, L. (1996). *Interaction in the language curriculum: Awareness, autonomy and authenticity.* London: Longman.

Vygotsky, L. (1987). *The collected works of L. S. Vygotsky, volume 1: Problems of general psychology.* R. Reiber & A. Carton (Eds.), New York: Plenum Press.

Vygotsky, L.S. (1978). *Mind and society: The development of higher psychological processes.* Cambridge, MA: Harvard University Press.

Watson-Gegeo, A. K. (2004). Mind, language, and epistemology: toward a language socialization paradigm for SLA. *Modern Language Journal, 88,* 331-350.

Wenger, E. (1998). *Communities of practice: Learning, meaning, and identity.* Cambridge University Press.

Wertsch, J. V. (1998). *Mind as action.* Oxford: Oxford University Press.

Wertsch, J.V. (1985). *Vygotsky and the social formation of mind.* Cambridge, Mass. : Harvard University Press.

Weyers, J. (1999). The effect of authentic video on communicative competence. *Modern Language Journal, 83,* 339-349.

Widdowson, H. G. (1990). *Aspects of language teaching.* Oxford, England: Oxford University Press.

Wilson, G. B. & Myers, M. K. (2000). Situated Cognition in theoretical and practical context. In D. Jonassen & S. Land (Eds.), *Theoretical foundations of learning environments.* Mahwah NJ: Erlbaum.

Wilson, L. A. (1993). The promise of situated cognition. *New directions for adult and continuing education, 57*, 71-79.

Winn, W. (1996). Instructional design and situated learning: Paradox or partnership? In H. McLellan (Ed.), *Situated learning perspectives* (pp. 57-66). NJ: Educational Technology.

Yin, R. K. (2003). *Case study research: Design and methods.* New Delhi: Sage Publications.

Yu, F. & Hung, M. (2001). Effects of subtitles and captions on foreign language learning. *Educational Technology and Media, 56*, 2-16.

Zimbardo, P., & Leippe, M. (1991). *The psychology of attitude change and social influence.* Philadelphia: Temple University Press.

Zipes, D. J. (1997). *Happily ever after: Fairy tales, children, and the culture industry.* NY: Routledge.

Zuengler, J., & Miller, R. E. (2006). Cognitive and sociocultural perspectives: Two parallel SLA words? *TESOL Quarterly, 40* (1), 35-58.

附 錄

Appendix 1
Before-Instruction Survey（English version）

I. Directions: Read the following questionnaire items and give points with a ten-point scale, in which 0 means you strongly disagree with the item at all and 10 means you strongly with the item.

1. （　）English is important to you.
2. （　）You are interested in learning English.
3. （　）You have high acceptance of Anglo-American cultures.
4. （　）You are diligent in learning English.
5. （　）You like group work in English classes.
6. （　）You like drama play in English classes.
7. （　）You like role play in English classes.
8. （　）You are willing to speak English in front of the class.
9. （　）You have confidence in speaking English to native English speakers.
10. （　）You like to watch English feature films.
11. （　）Your English oral communication skills are as good as a native English speaker.
12. （　）Your English listening comprehension abilities are as good as native English speaker.

II. Directions: Answer the following multiple-choice according your habits and preferences.

13. (　) What kind of role do you prefer your English teachers to play? （1.knowledge imparters 2.trainers of critical thinking abilities 3. activity design 4.point givers 5.others＿＿）

14. (　) In a two-hour session of class, how long do you prefer your teacher to lecture? （1.two hours 2.one and half an hour 3.one hour 4.half an hour 5.other＿＿）

15. (　) Do you like the teacher to ask questions and call you to answer the questions? （1.Yes, I like to interact with my teachers. 2. Yes, but I need time to prepare for the answer. 3. No, I prefer the teacher to do all the talk. 4. Absolutely not, it makes me nervous.）

16. (　) Do you like to answer the teacher's questions voluntarily? （1. Yes, I can practice my English. 2. Only when I am called by the teacher. 3. No, I'm afraid that I might give the wrong answers. 4. Absolutely not, I'm afraid of speaking in front of the class）.

17. (　) How do you like to interact with your classmates? （1.collaborators in learning 2.competitors in learning 3.I don't like to interact with classmates 4.fun-seekers）

18. (　) Which of the following group sizes do you prefer? （1.two persons 2.three to five persons 3.five to eight persons）Please give a reason ＿＿＿＿＿＿＿＿＿＿＿＿

19. (　) Which of the following formats of English teaching materials do you prefer? （1.videos and textbooks 2.CDs and textbooks with pictures 3. CDs and textbooks without pictures 4.only textbooks）.

20. (　) When you need to learn English language functions （e.g., asking directions and greeting）, which of the following formats of teaching materials do you prefer?（1.videos and textbooks 2.CDs

and textbooks with pictures 3. CDs and textbooks without pictures 4.only textbooks）.

21. (　　) How often do you watch English feature films?（1.once a week 2.once a month 3.once in several months 4.never）

22. (　　) Which of the following film genres do you prefer to learn English with?（1.comedy 2.action 3.science-fiction 4.drama 5.horror 6.suspension 7.detective 8.others＿＿＿＿＿＿）（You can choose more than one items.）

23. (　　) In English listening, which of the following difficulties do you usually encounter?（1.vocabulary 2.fast speech rate 3.linking sounds 4.unfamiliar topics 5.others＿＿＿＿＿＿）（You can choose more than one items.）

24. (　　) In English listening, do you prefer to see the speaker's facial expressions, physical actions, and the setting of the speech to facilitate comprehension?（1.Very much 2.Yes 3.No 4.Absolutely not, they make me distracted）.

APPENDIX 1
教學前問卷調查（Chinese Version for the Participants）

Class_____ Name_____ No._____

請依據你自己的真實感受回答以下的問題，若對題目的內容有任何疑問可隨時舉手發問。

此問卷之回答內容為教學研究用途，不計入及影響你的成績，請安心詳實作答。

本問卷共 21 題，正反面皆有題目，寫完後請交還給老師，謝謝你的合作。

1. (　) 你覺得學習英文對你而言重要嗎？10.很重要 -------------- 0.一點都不重要

2. (　) 你對學英文有興趣嗎？10.非常有興趣 --------------- 0.一點都沒興趣

3. (　) 你對應英美文化的接受度高不高？10.非常高 --------------- 0.一點都無法接受

4. (　) 你覺得自己學英文的態度 10.---------------- 0.很不用功

5. (　) 你是否喜歡上課時分組活動嗎?10.很喜歡 ---------------- 0.一點都不喜歡

6. (　) 你是否喜歡演英文話劇？10.很喜歡 ------------- 0.一點都無法接受

7. (　) 你是否喜歡上課時角色扮演嗎 10.很喜歡 -------------- 0.一點都無法接受

8. (　) 你是否願意上台說英文？10.很願意 -------------- 0.一點都不願意

9. (　) 你是否有自信心與外國人說話？10.自信滿滿 ------------- 0.完全沒自信

10. (　) 你喜歡看英文電影嗎? 10. 很喜歡 ---------------- 0.一點都不喜歡

11. (　) 你覺得自己的英文口語溝通能力程度如何?請以 0 分（沒學過英文）到 10 分（像外國人一樣好）表示。

12. (　) 你覺得自己的英文聽力程度如何?請以 0 分（沒學過英文）到 10 分（像外國人一樣好）表示。

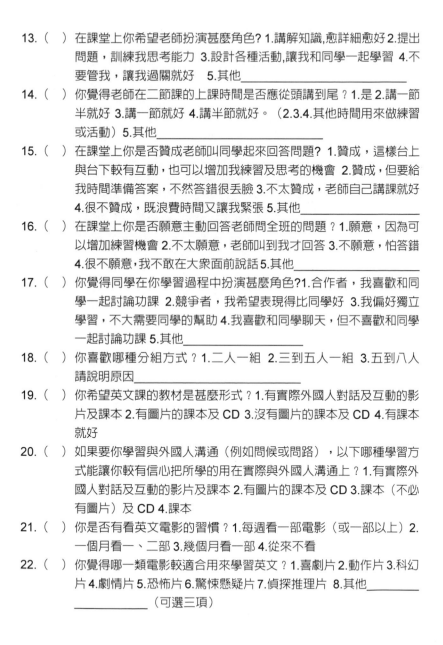

13. （　） 在課堂上你希望老師扮演甚麼角色? 1.講解知識,愈詳細愈好 2.提出問題,訓練我思考能力 3.設計各種活動,讓我和同學一起學習 4.不要管我,讓我過關就好 5.其他＿＿＿＿＿＿＿＿＿＿

14. （　） 你覺得老師在二節課的上課時間是否應從頭講到尾? 1.是 2.講一節半就好 3.講一節就好 4.講半節就好。（2.3.4.其他時間用來做練習或活動）5.其他＿＿＿＿＿＿＿＿＿＿

15. （　） 在課堂上你是否贊成老師叫同學起來回答問題? 1.贊成,這樣台上與台下較有互動,也可以增加我練習及思考的機會 2.贊成,但要給我時間準備答案,不然答錯很丟臉 3.不太贊成,老師自己講課就好 4.很不贊成,既浪費時間又讓我緊張 5.其他＿＿＿＿＿＿＿＿＿＿

16. （　） 在課堂上你是否願意主動回答老師問全班的問題? 1.願意,因為可以增加練習機會 2.不太願意,老師叫到我才回答 3.不願意,怕答錯 4.很不願意,我不敢在大眾面前說話 5.其他＿＿＿＿＿＿＿＿＿＿

17. （　） 你覺得同學在你學習過程中扮演甚麼角色? 1.合作者,我喜歡和同學一起討論功課 2.競爭者,我希望表現得比同學好 3.我偏好獨立學習,不大需要同學的幫助 4.我喜歡和同學聊天,但不喜歡和同學一起討論功課 5.其他＿＿＿＿＿＿＿＿＿＿

18. （　） 你喜歡哪種分組方式? 1.二人一組 2.三到五人一組 3.五到八人請說明原因＿＿＿＿＿＿＿＿＿＿＿＿

19. （　） 你希望英文課的教材是甚麼形式? 1.有實際外國人對話及互動的影片及課本 2.有圖片的課本及 CD 3.沒有圖片的課本及 CD 4.有課本就好

20. （　） 如果要你學習與外國人溝通（例如問候或問路）,以下哪種學習方式能讓你較有信心把所學的用在實際與外國人溝通上? 1.有實際外國人對話及互動的影片及課本 2.有圖片的課本及 CD 3.課本（不必有圖片）及 CD 4.課本

21. （　） 你是否有看英文電影的習慣? 1.每週看一部電影（或一部以上）2.一個月看一、二部 3.幾個月看一部 4.從來不看

22. （　） 你覺得哪一類電影較適合用來學習英文? 1.喜劇片 2.動作片 3.科幻片 4.劇情片 5.恐怖片 6.驚悚懸疑片 7.偵探推理片 8.其他＿＿＿＿＿＿＿＿＿＿（可選三項）

23.（　）你在聽英文時主要的困難有哪些？1.單字聽不懂 2.速度太快 3.字和
字連在一起聽不懂 4.對內容主題不熟 5.其他＿＿＿＿＿＿＿＿＿
＿＿＿＿＿＿（可複選）

24.（　）你在聽英文時是否覺得需要看到說話者的表情、動作、及情境背景
等以幫助瞭解? 1.很需要 2.需要 3.不需要 4.很不需要，會讓我分心
5.其他＿＿＿＿＿＿＿＿＿＿

APPENDIX 2

Interview Protocol（English Version）

1. How do you feel about learning English with the feature film? Is it different from your previous learning experiences in learning with printed textbooks?

2. Do you prefer to know the whole story when dubbing a particular clip of the film? Is it fine with you if you do the dubbing for a film clip without knowing the previous and the subsequent plots?

3. What kind of role do you prefer to dub for? Do you prefer the one with more dramatic expressions?

4. Is it easier for you to remember your lines if you say them with dramatic intonation or paralinguistic voice features?

5. Does the visual context in the feature film help you to remember the dialogues in the feature film?

6. Do you think the film as a fairy tale a proper English learning material? Does it look inauthentic to you?

7. What are your general perceptions of learning English with the film dubbing activities?

APPENDIX 3

Interview Protocol（Chinese Version for the Participants）

1. 你對這樣用電影來當作教材的這種上課方式，有什麼感受?跟我們以前的紙本的課本的呈現，給你有什麼不同的感受?對你的學習上有什麼影響?

2. 你在電影配音的過程中是否需要知道你所配的片段的前後劇情，如果只叫你配音而不介紹前後劇情，對你來說習不習慣?

3. 你有沒有比較喜歡配哪一種角色，例如情感比較有變化的角色?

4. 如果要你配哪種比較誇張的內容，你會不會記憶就比較深刻?

5. 你覺得用電影來學習會不會加強你對這些對話的記憶? 你會把他跟畫面結合在一起嗎?

6. 你會不會覺得童話故事對你來說不是那麼適合，或者不真實?
   整體而言，你對電影配音的感受如何?

APPENDIX 3-1
Learning Journal 1（English Version）

I. Directions: 1 = strongly agree, 2 = agree, 3 = disagree, 4 = strongly disagree

1. （　） The plot of the film clip is easy to understand.
2. （　） The speech rate of this film clip is proper.
3. （　） the pronunciation of the film clip is clear.
4. （　） The sentence length of this clip is proper.
5. （　） The difficulty level of this film clip is proper.
6. （　） Your English pronunciation is improved after this film dubbing task.
7. （　） Your English listening comprehension ability is improved after this dubbing task.

II. Answer the following questions as detailed as you can.

8. How was the quality of the interaction in your group?
9. How did you select your dubbing role? Did you like it? Why or why not?
10. Did your group members help each other with language problems?
11. Did you encounter any difficulties in the dubbing task?
12. Did you think your group members were engaged in the dubbing task?
13. Were you interested in the dubbing task? Could it promote your learning motivation?
14. Did the dubbing task make you understand more about Anglo-American cultures?
15. Did you like this film clip for dubbing? Why or why not?
16. Which screen character in this film clip did you like best, why?
17. Did you get a deep impression of your lines after the dubbing task?
18. Do you think you can apply the linguistic expressions you learned in the dubbing task spontaneously to real life?
19. What were your general perceptions of this dubbing task？

APPENDIX 3-1
學習日誌 1（Chinese Version for the Participants）
配音（dubbing）活動個人心得報告 1

Dubbing Date＿＿＿＿＿＿ Class＿＿＿＿＿＿
Name＿＿＿＿＿＿ No.＿＿＿＿＿＿

1.（　）你覺得這段影片的劇情是否容易瞭解？（1.很容易 2.容易 3.不容易 4.很不容易）

2.（　）你覺得這段影片的說話速度（1.太快 2.稍快 3.適中 4.稍慢 5.太慢）

3.（　）你覺得這段影片的發音清晰度（1.很清楚 2.尚可 3.不太清楚 4.很不清楚）

4.（　）你覺得這段影片的句子長度（1.太長 2.稍長 3.適中 4.稍短 5.太短）

5.（　）你覺得這段影片的句子難易度（1.太難 2.稍難 3.適中 4.簡單 5.很簡單）

6.（　）經過此次活動後你覺得你的發音有改善嗎？（1.進步許多 2.有進步 3.沒進步）

7.（　）經過此次活動後你覺得你的聽力有改善嗎？（1.進步許多 2.有進步 3.沒進步）

8. 此次活動你與組員的互動關係如何？

9. 你為何選擇你配音的角色？你是否喜歡你配音的角色？Why?

10. 同學遇到不會的單字或句子，是否有找你討論？

11. 你在此次活動中是否有遇到任何困難？

12. 你覺得你們這組整體而言對此次配音（dubbing）活動是否認真投入？

13. 你對此次電影配音（dubbing）活動是否有興趣？能否提高你的學習動機？為什麼？

14. 藉著此次看電影及配音活動這種學習方式，是否能拉近你和英美文化（真實英語使用情境）的距離？為什麼？

15. 你是否喜歡這段影片？為什麼？

16. 這段影片中你最喜歡哪個角色？為什麼？

17. 經過此次活動後你對你配音的句子是否印象深刻？為什麼？

18. 對你所配音的句子，日後是否有信心在別的場合把它們派上用場？

19. 總而言之，你對此次配音活動感想如何？

APPENDIX 3-2
Learning Journal 2（English Version）

I. Directions: 1 = strongly agree, 2 = agree, 3 = disagree, 4 = strongly disagree

1. （　）The plot of the film clip is easy to understand.
2. （　）The speech rate of this film clip is proper.
3. （　）the pronunciation of the film clip is clear.
4. （　）The sentence length of this clip is proper.
5. （　）The difficulty level of this film clip is proper.

II. Answer the following questions:

6. After this dubbing task, you can accurately pronounce _____ percent of the sentences in the film clip.
7. After this dubbing task, you can listen and understand _____ percent of the sentences in the film clip.
8. After this dubbing task, you can accurately pronounce _____ percent of the sentences in the film clip.
9. After this dubbing task, you can remember _____ percent of the sentences in the film clip.
10. How did you choose your dubbing role? Did you like it? Why or why not?
11. How long did you prepare for this dubbing task?
12. Did you encounter any difficulties in the dubbing task?
13. How was the quality of the interaction among your group?
14. Do you think your group members were engaged in the dubbing task?
15. Did you like this film clip for dubbing? Why or why not?
16. Which screen character in the film clip did you like best, why?
17. What were your general perceptions of this dubbing task?

Regard the first dubbing task...

1. How long did you prepare for the dubbing task?
2. Were you too nervous to speak up in the first dubbing?
3. Did you manage to overcome your nervousness? How long did you make it?
4. Did film dubbing tasks impose excessive pressure upon you?
5. Which one is more stressful to you, drama playing or film dubbing?
6. What were your general perceptions of the first dubbing task?

APPENDIX 3-2

學習日誌 2（Chinese Version for the Participants）

配音（dubbing）活動個人心得報告 2

Dubbing Date＿＿＿＿＿＿＿ Class＿＿＿＿＿＿

Name＿＿＿＿＿＿＿ No.＿＿＿＿＿＿

1. （　　）你覺得這段影片的劇情是否容易瞭解？（1.很容易 2.容易 3.不容易 4.很不容易）

2. （　　）你覺得這段影片的說話速度（1.太快 2.稍快 3.適中 4.稍慢 5.太慢）

3. （　　）你覺得這段影片的發音清晰度（1.很清楚 2.尚可 3.不太清楚 4.很不清楚）

4. （　　）你覺得這段影片的句子長度（1.太長 2.稍長 3.適中 4.稍短 5.太短）

5. （　　）你覺得這段影片的句子難易度（1.太難 2.稍難 3.適中 4.簡單 5.很簡單）

6. 經過此次配音活動後你是否能正確唸出這段影片的所有句子？可以唸出＿＿＿＿＿成的句子。

7. 經過此次配音活動後你是否能聽懂這段影片的所有句子？可以聽懂＿＿＿＿＿成的句子。

8. 經過此次配音活動後你是否能記住這段影片的所有句子？可以記住＿＿＿＿＿成的句子。

9. 你為何選擇你配音的角色？你是否喜歡你配音的角色？Why?

10. 你在此次活動共花多少時間準備及練習？

11. 你在此次活動中是否有遇到任何困難？

12. 此次活動你與組員的互動關係如何?是否有互相合作學習,討論不會的地方?

13. 你覺得你們這組對此次配音活動是否認真投入?

14. 你是否喜歡這段影片?Why?

15. 這段影片中你最喜歡哪個角色?Why?

16. 經過此次配音活動後,你有甚麼感想?

有關上次配音……

1. 你個人在上次活動共花多少時間準備及練習?

2. 第一次開始錄音時你是否會緊張怯場,不敢開口?

3. 後來是否能克服?經過多久的時間?

4. 配音(dubbing)活動是否會給你過大的心理壓力?

5. 若拿配音(dubbing)活動和演話劇(drama)比較,哪個活動給你的心理壓力較大?

6. 其他對本課程的感想及建議……

APPENDIX 3-3

Learning Journal 3（English Version）

I. Directions: 1 = strongly agree, 2 = agree, 3 = disagree, 4 = strongly disagree

1. （　） The plot of the film clip is easy to understand.
2. （　） The speech rate of this film clip is proper.
3. （　） the pronunciation of the film clip is clear.
4. （　） The sentence length of this clip is proper.
5. （　） The difficulty level of this film clip is proper.

II. Answer the following questions:

6. After this dubbing task, you can accurately pronounce _____ percent of the sentences in the film clip.
7. After this dubbing task, you can listen and understand _____ percent of the sentences in the film clip.
8. After this dubbing task, you can remember _____ percent of the sentences in the film clip.
9. How did you choose your dubbing role? Did you like it? Why or why not?
10. How long did you prepare for this dubbing task?
11. Did you encounter any difficulties in the dubbing task?
12. How was the quality of the interaction among your group?
13. Do you think your group members were engaged in the dubbing task?
14. Did you like this film clip for dubbing? Why or why not?
15. Which screen character in the film clip did you like best, why?
16. What were your general perceptions of this dubbing task?

Regarding the different procedures of film clip instruction...

1. (　) In this course, we have viewed the film clips with different procedures, which of the following one do you think is most helpful to you in learning English?
   (1) Transcript explication, viewing without any subtitles, and viewing with English subtitles,
   (2) Viewing without any subtitles, viewing with English subtitles, and transcript explication,
   (3) Transcript explication, viewing with English subtitles, and viewing without any subtitles,
   (4) Viewing with English subtitles, viewing without any subtitles, and transcript explication

2. Before transcript explication, you could understand _____ percent of the dialogues after viewing it without any subtitles.

3. Before transcript explication, you could understand _____ percent of the dialogues after viewing it with English subtitles.

APPENDIX 3-3

學習日誌 3（Chinese Version for the Participants）
配音（dubbing）活動個人心得報告 3

班級＿＿＿＿＿＿＿＿ 姓名＿＿＿＿＿＿＿＿＿學號＿＿＿＿＿＿＿＿＿

1. （　　）你覺得這段影片的劇情是否容易瞭解？（1.很容易 2.容易 3.不容易 4.很不容易）

2. （　　）你覺得這段影片的說話速度（1.太快 2.稍快 3.適中 4.稍慢 5.太慢）

3. （　　）你覺得這段影片的發音清晰度（1.很清楚 2.尚可 3.不太清楚 4.很不清楚）

4. （　　）你覺得這段影片的句子長度（1.太長 2.稍長 3.適中 4.稍短 5.太短）

5. （　　）你覺得這段影片的句子難易度（1.太難 2.稍難 3.適中 4.簡單 5.很簡單）

6. 經過此次配音活動後你是否能正確唸出這段影片的所有句子？可以唸出＿＿＿成的句子。

7. 經過此次配音活動後你是否能聽懂這段影片的所有句子？可以聽懂＿＿＿＿ 成的句子。

8. 經過此次配音活動後你是否能記住這段影片的所有句子？可以記住＿＿＿＿ 成的句子。

9. 你為何選擇你配音的角色？你是否喜歡你配音的角色？Why?

10. 你在此次活動共花多少時間準備及練習？

11. 你在此次活動中是否有遇到任何困難？

12. 此次活動你與組員的互動關係如何?是否有互相合作學習,討論不會的地方？

13. 你覺得你們這組對此次配音活動是否認真投入？

14. 你是否喜歡用這段影片來配音？Why?

15. 這段影片中你最喜歡哪個角色？Why?

16. 經過此次配音活動後,你學到甚麼?

※關於本課程從開始到現在……

1. (　　) 我們嘗試過不同的影片播放順序,以下那種順序你覺得最有助於你學習英文?
   (1. 老師先解釋劇本並帶唸 =>播放無字幕影片 =>播放英文字幕影片)
   (2. 播放無字幕影片 =>播放英文字幕影片=>老師解釋劇本並帶唸)
   (3. 老師先解釋劇本並帶唸 =>播放英文字幕影片 =>播放無字幕影片)
   (4. 播放英文字幕影片=>播放無字幕影片 =>老師解釋劇本並帶唸)

2. 若在老師還沒解釋劇本之前播放無字幕影片,你可以瞭解 _____ 成劇中的對話。

3. 若在老師還沒解釋劇本之前播放字英文幕影片,你可以瞭解 _____ 成劇中的對話。

APPENDIX 3-4
Group Journal（English Version）

Name _____ No._____ Part_____
Name _____ No._____ Part_____
Name _____ No._____ Part_____

（Write as detailed as possible the entire process of the preparation of the film dubbing task in your group, including labor division, how you decided dubbing roles, the frequency of your rehearsal, etc.）

APPENDIX 3-4

分組學習日誌（Chinese Version for the Participants）
配音（dubbing）活動分組心得報告

班級＿＿＿＿＿＿＿＿＿＿＿＿＿配音日期＿＿＿＿＿＿＿＿＿＿　組別＿＿＿＿＿＿

Group members 組員　Name ＿＿＿＿＿＿＿＿　No.＿＿＿＿＿＿＿
Part＿＿＿＿＿＿＿＿
Name ＿＿＿＿＿＿＿＿　No.＿＿＿＿＿＿＿　Part＿＿＿＿＿＿＿＿
Name ＿＿＿＿＿＿＿＿　No.＿＿＿＿＿＿＿　Part＿＿＿＿＿＿＿＿

寫出此次活動從開始練習到活動完成的整個過程，包括如何選擇角色、如何
分工、合作學習、一起練習次數、總共練習時間、錄音次數、以及所有過程
中發生的事情，愈詳細愈好！）

APPENDIX 3-5
Reflection Journal（English Version）

1. What is the reason for your group to choose the particular film clip for the fourth dubbing task?
2. Which one of the four dubbing tasks do you like best, why?
3. Do you have any comment on the equipments in this laboratory?
4. Describe with about 200 words your general perceptions of the entire course.

APPENDIX 3-5

整學期心得報告（Chinese Version for the Participants）

1. 你們如何選擇第四次配音的影片內容?
2. 在這四次配音當中你最喜歡哪一次配音?為甚麼?
3. 你對本語言教室有何感想及建議?
4. 請用 200 字敘述你對這學期課程的感想。

APPENDIX 4
After-instruction Survey（English Version）

I. Select the item in the following questionnaire that reflect Anglo-American cultural values based on Ella Enchanted

1. （　　） 1. Individualism 2. Interdependency with others
2. （　　） 1. Nature as the controlling force 2. personal control of their environment
3. （　　） 1. Traditional and past-oriented 2. Change as inevitable and look to the future
4. （　　） 1. Problem-solving oriented2. Accepting of current situations

II. What makes you like the feature film Ella Enchanted?

1 = strongly agree, 2 = agree, 3 = disagree, 4 = strongly disagree

1. （　　） The heroine is at similar age to mine.
2. （　　） The heroine is good-looking.
3. （　　） Empathy with the heroine.
4. （　　） Inspiring plot.
5. （　　） Exciting and attractive plot.
6. （　　） Funny plot.
7. （　　） Exciting audio-visual effects.
8. （　　） Easy language.
9. （　　） Useful language.
10. Others_____

III. What did you gain in the course?

1 = strongly agree, 2 = agree, 3 = disagree, 4 = strongly disagree

1. (　) Understanding of Anglo-American cultural values and behavior patterns.
2. (　) Understanding of how native English speakers communicate with each other.
3. (　) Understanding of western art and aesthetics.
4. (　) Confidence in speaking English.
5. (　) Ability to speak English with feelings.
6. (　) Improvement in English listening comprehension abilities.
7. (　) Improvement in English pronunciation（intonation）.
8. (　) Improvement in English pronunciation（accuracy）.

IV. Do you like to learn English with feature films, why?

1 = strongly agree, 2 = agree, 3 = disagree, 4 = strongly disagree

1. (　) Feature films increase my learning motivation and interest.
2. (　) Film viewing enables me to observe the speakers and setting of authentic English oral communication,
3. (　) The story in feature films provokes empathy in me, which helps me to remember the language.
4. (　) I obtain courage to speak English through film dubbing.

APPENDIX 4

教學後問卷調查（Chinese Version for the Participants）

Class _____ Name _____ No._____

Ⅰ. 看過《麻辣公主》這部影片後，你對美國人的價值觀有何了解？你覺得美國人傾向下面哪種價值觀？

1. (　　) 1.強調個人主義，重視個人主見。　2.強調團體主義，不重視個人主見。

2. (　　) 1.相信環境的力量大於人的力量。　2.相信人的力量可以勝過環境。

3. (　　) 1.強調傳統，重視過去。　2.勇於改變，重視未來。

4. (　　) 1.行動派，遇到困難就去解決。　2.傾向保守，易於接受現狀。

Ⅱ. 看過《麻辣公主》後，你是否喜歡這部影片？下列因素是否是你喜歡這部影片的重要因素？

我喜歡這部影片，因為……

1. (　　) 主角和我年齡相近。（1.很重要 2.重要 3.不重要 4.很不重要）

2. (　　) 主角長得美麗動人。（1.很重要 2.重要 3.不重要 4.很不重要）

3. (　　) 與主角類似的遭遇。（例如被人陷害、不能照自己的意思而行等）也可能發生在我身上，能使我產生同理心。（1.很重要 2.重要 3.不重要 4.很不重要）

4. (　　) 故事的內容能啓發及鼓勵我。（1.很重要 2.重要 3.不重要 4.很不重要）

5. (　　) 故事情節緊張刺激，能吸引我的注意力。（1.很重要 2.重要 3.不重要 4.很不重要）

6. (　　) 故事情節好笑逗趣，能吸引我的注意力。（1.很重要 2.重要 3.不重要 4.很不重要）

7. (　　) 電影的畫面五光十色，視聽效果很刺激，能吸引我的注意力。（1.很重要 2.重要 3. 不重要 4.很不重要）

8.（　） 電影的英語對話內容簡單易學。（1.很重要 2.重要 3.不重要 4.很不重要）

9.（　） 電影的英語對話實用，能應用在日常生活中。（1.很重要 2.重要 3.不重要 4.很不重

10. 其他你喜歡或不喜歡此電影的原因

III. 上過這門課以後，你有何收穫？

1.（　） 能讓我多了解英美文化的價值觀及行為模式（1.很贊成 2.贊成 3.不贊成 4.很不贊成）

2.（　） 能讓我多了解英美文化的口語溝通及表達方式。（1.很贊成 2.贊成 3.不贊成 4.很不贊成）

3.（　） 能讓我多了解英美文化的藝術及美學。（1.很贊成 2.贊成 3.不贊成 4.很不贊成）

4.（　） 我現在比較有信心開口說英文。（1.很贊成 2.贊成 3.不贊成 4.很不贊成）

5.（　） 我現在說英文時比較能加入自己的感情。（1.很贊成 2.贊成 3.不贊成 4.很不贊成）

6.（　） 我的英語聽力有進步。（1.很贊成 2.贊成 3.不贊成 4.很不贊成）

7.（　） 我現在說英文時的語調變化（高低起伏、情緒表達）有進步。（1.很贊成 2.贊成 3.不贊成 4.很不贊成）

8.（　） 我的英文發音的正確度有進步。（1.很贊成 2.贊成 3. 不贊成 4.很不贊成）

IV. 你是否喜歡用電影來學英文？為什麼？

1.（　） 用電影學英文能提高我的學習動機和興趣。（1.很贊成 2.贊成 3. 不贊成 4.很不贊成）

2.（　） 在電影中可以看到真實人物交談的表情動作及情境，使我能看到實際的範例，有於我了解及記憶語言。（1.很贊成 2.贊成 3.不贊成 4.很不贊成）

3. （　） 我喜歡聽故事，藉著電影中的故事內容能引起我的好奇心及同理心，進而幫助我了解及記憶語言。（1.很贊成　2.贊成　3.不贊成　4.很不贊成）
4. （　） 藉著電影配音活動使我敢開口說英文。（1.很贊成 2.贊成　3.不贊成 4.很不贊成）

APPENDIX 5

Results of After-instruction Survey

Table 5-1　Importance of Factors in Film selection

Factor	Mean
1.Similar age	2.5
2.Good-looking actors	2.3
3.Empathy-provoking plot	2.5
4.Inspiring plot	2.2
5.Tense and exciting plot	1.8
6.Funny plot	1.5
7.Exciting audio-visual stimuli	1.9
8.Simple dialogues	1.7
9.Useful linguistic expressions	1.6

Note. Judgments were made on a four-point scale, 1 = Extremely important, 2 = important, 3= unimportant, 4 = extremely unimportant

Table 5-2　Participants' Gains in the Teaching Project

Item	Mean
1.Understanding about western cultural values and behaviors	2.0
2.Understanding how native speakers communicates orally	1.6
2.Understanding of western arts and aesthetics	2.0
4.Gain in confidence to speaking English	1.9
5.Learning to speak English with feeling	2.1
6.Improvement in listening	2.0
7.Improvement in intonation and paralinguistic voice features	2.1
8.Improvement in phonetic accuracy of pronunciation	2.0

Note. Judgments were made on a four-point scale, 1 = strongly agree,2 = agree, 3= disagree, 4 = strongly disagree

Table 5-3　Perceived advantages of learn English with movies

Item	Mean
1.Film promotes learning motivation and interest	1.5
2.Film provides modeling of authentic oral communication	1.5
3.Story in film provokes empathy and curiosity	1.8
4.Dubbing task promotes learning motivation and interest	1.8
5.Dubbing task promotes courage to speak English	1.9

APPENDIX 6-1

Coding Scheme of the Participants' Perception
of Film Dubbing in the Laboratory

Constructs	Subcategories and examples
Perception of the selected film clips	(1) Positive reaction 　1. Attracted by the plot 　　*It's very interesting.* 　2. Admiration of the actors' acting skills 　　*I'm impressed by the vivid facial expressions of the actors.* 　3. Proper language level 　　*The dialogues are easy to understand.* 　4. Challenging to dub the clip 　　*It's delightful to dub for this clip.* 　5. Easy to dub for the clip 　　*The sentences are short.* 　6. Admiration of the actors' appearance 　　*The baby is very cute.* (2) Neutral reaction 　1. Preference for other film genre 　　*It's not the film type that I like.* 　2. Dislike sad scene 　　*I don't like the part when the mother was dying.* (3) Negative reaction 　1. Insufficient excitement 　　*It's not exciting enough.* 　2. Too easy language 　　*The sentence is short and easy and I can't learn much from this clip.* 　3. Lack of inspiring elements 　　*The plot is not inspiring to me.*

Perception of the dubbing task	(1) Positive reactions
	    1. Identification with the personality of the character
	       She is good-hearted.
	    2. Interesting lines
	       My lines are interesting.
	    3. Admiration of the actor's acting skills
	       I like the intonation of the bad girls.
	    4. Proper difficulty level of personal dubbing task
	       I like it because it is manageable / challenging to me.
	    5. Challenging dubbing task
	       I got sense of achievement in my dubbing task.
	    6. Learning opportunity in the dubbing task
	       My sentences are useful in real life.
	    7. Useful linguistic expressions in lines
	       The sentences can be used in daily life.
	(2) Neutral
	    1. Not picky in selecting dubbing roles
	       I had my partner choose first.
	    2. Dislike sad scene
	       It's not like me.
	(3) Negative reactions
	    1. Lack of learning opportunity
	       My lines were easy so that I had not much to learn.
	    2. Difficult task
	       It is too difficult / easy for me.
	    3. Difficulty of empathy with the character
	       I don't like to dub for the bad guy; it's not like me.
	    4. Unfair group allocation of dubbing role
	       Every time I was allocated the character with long sentences.

國家圖書館出版品預行編目

電影配音與英語教學：初階學生的故事 =
Film dubbing activities and English teaching
: stories of lower-level EFL learners /
李路得著.-- 一版. -- 臺北市：秀威資訊
科技, 2010.04
　　　面；　　公分. -- (社會科學類；AF0135)
參考書目：面
ISBN 978-986-221-421-3(平裝)

1. 英語教學　2. 情境學習

805.103　　　　　　　　　　　99003801

 社會科學類　AF0135

電影配音與英語教學
——初階學生的故事

作　　者 / 李路得
發 行 人 / 宋政坤
執行編輯 / 藍志成　邵亢虎
圖文排版 / 鄭維心
封面設計 / 蕭玉蘋
數位轉譯 / 徐真玉　沈裕閔
圖書銷售 / 林怡君
法律顧問 / 毛國樑　律師
出版印製 / 秀威資訊科技股份有限公司
　　　　　台北市內湖區瑞光路 583 巷 25 號 1 樓
　　　　　電話：02-2657-9211　　傳真：02-2657-9106
　　　　　E-mail：service@showwe.com.tw
經 銷 商 / 紅螞蟻圖書有限公司
　　　　　台北市內湖區舊宗路二段 121 巷 28、32 號 4 樓
　　　　　電話：02-2795-3656　　傳真：02-2795-4100
　　　　　http://www.e-redant.com

2010 年 4 月 BOD 一版
定價：270 元

讀 者 回 函 卡

感謝您購買本書,為提升服務品質,煩請填寫以下問卷,收到您的寶貴意見後,我們會仔細收藏記錄並回贈紀念品,謝謝!

1. 您購買的書名:_____

2. 您從何得知本書的消息?

　　□網路書店　　□部落格　　□資料庫搜尋　　□書訊　□電子報　　□書店

　　□平面媒體　　□　朋友推薦　　□網站推薦　□其他_____

3. 您對本書的評價:(請填代號　1.非常滿意 2.滿意 3.尚可 4.再改進)

　　封面設計____　版面編排____　內容____　文/譯筆____　價格____

4. 讀完書後您覺得:

　　□很有收獲　　□有收獲　　□收獲不多　　□沒收獲

5. 您會推薦本書給朋友嗎?

　　□會　□不會,為什麼?_____

6. 其他寶貴的意見:_____

_____

_____

_____

讀者基本資料

姓名:_____　年齡:_____　性別:□女 □男

聯絡電話:_____　E-mail:_____

地址:_____

學歷:□高中(含)以下　　□高中　　□專科學校　　□大學

　　　□研究所(含)以上 □其他_____

職業:□製造業 □金融業 □資訊業 □軍警 □傳播業 □自由業

　　　□服務業 □公務員 □教職　□學生 □其他_____

(請沿線對摺寄回,謝謝!)

秀威與 BOD

BOD（Books On Demand）是數位出版的大趨勢，秀威資訊率先運用 POD 數位印刷設備來生產書籍，並提供作者全程數位出版服務，致使書籍產銷零庫存，知識傳承不絕版，目前已開闢以下書系：

一、BOD　學術著作—專業論述的閱讀延伸
二、BOD　個人著作—分享生命的心路歷程
三、BOD　旅遊著作—個人深度旅遊文學創作
四、BOD　大陸學者—大陸專業學者學術出版
五、POD　獨家經銷—數位產製的代發行書籍

BOD 秀威網路書店：www.showwe.com.tw
政府出版品網路書店：www.govbooks.com.tw

永不絕版的故事・自己寫・永不休止的音符・自己唱